做自己，為什麼還要說抱歉？

To Be, Not to Be Yourself

林依晨

# CONTENTS 目次

## # 戲劇，創作⋯⋯⋯⋯⋯⋯⋯⋯⋯027

女演員的青春最寶貴？演員是吃青春飯的？

可是我想當有趣又有故事的（老）演員啊！

## # 美麗⋯⋯⋯⋯⋯⋯⋯⋯⋯⋯⋯053

誰說女人不能充滿自信霸氣、絕對自覺、

能果斷做決定、十分堅定強壯，同時還極度性感？

## # 純粹，力量⋯⋯⋯⋯⋯⋯⋯⋯⋯073

我到現在都還是很孩子氣，但我驕傲我是個成熟的孩子！

# 美麗而有趣，
## 　　獨一無二的美好靈魂

——陶晶瑩

「美麗的皮囊千篇一律，有趣的靈魂萬裡挑一。」這句話似乎意指造物者的公平，也意味著人生並無全贏全拿。

但林依晨打破了這鐵律。

她有著天真美麗的外表，卻又有著充滿智慧的頭腦；明明可以走輕鬆的路賺個盆滿缽滿，卻又胸懷天下地只取一瓢飲——我們看過許多好萊塢大明星高喊著環保口號卻坐著私人飛機繞地球劃遍碳足跡，但真沒看過如依晨這樣帶頭減塑而推掉大排長龍的代言邀約。

她有著傲人的演藝成就，卻低調地一再進修；她靜靜地觀察人們的高談闊論，卻不批判但反求諸己；她看似與

世無爭卻對世間的不公發出不平之鳴。

如此美麗的外貌，如此聰慧的心思，如此圓融的處世。

上帝，哪裡是公平的？又或者，她不自滿不耽溺，才有這樣的獨一無二。

（本文作者為主持人／歌手／作家／朝著畫家前進／電商老闆）

推薦序——

# 依晨式的溫柔反擊

——鄧九雲

契訶夫《海鷗》的劇本裡，妮娜有段獨白是這樣：

……我現在知道，也了解，我們的事業——無論我們
是在舞台上表演或寫作，都一樣——重要的不是榮
耀，不是出名，不是我所夢想過的那些東西，而是要
能容忍。你要能扛起自己的十字架，並且要有信念。
我有了信念之後，就不那麼痛苦了，當我想到自己的
使命，就不再害怕生活了。

譯者丘光在二〇一六年的夏天出版印製前，邀請我閱
讀分享這部經典。那時我把這段話，用鉛筆來來回回畫了
好幾遍。不久後我拿到成書，又讀了一遍。我發現他把
「容忍」改成了「包容」。不懂俄文，也就無法以劇作家的
原文用詞來討論。但以角色內在推斷，妮娜進入戲劇尾聲

的這段體悟，是翻山越嶺的回望，「包容」確實比「容忍」
更顯視野的高度。

依晨也處理過妮娜的獨白。我感到她這次的書寫歷
程，就是「包容」與「容忍」兩詞的過渡。過渡是一條雙
向道，部分還是得「忍」一時，部分已能擺渡到「容」過
了。依晨比任何人都有意識在走這條路。

我們從大一相識到現在，二十個年頭過去了。看著
她一個女子，從渴望一磚一瓦扛建出自己的完美，到現
在她能輕裝上陣，隨走隨看，甚至對於大眾給予她所謂
「零負評女神」的完美乖乖形象，發出一種依晨式的反
思：

如果我是女同志呢？

如果我是新住民第二代呢？

如果我並沒有剛好選擇結婚生子的尋常人生路徑呢？

她寫著：「『乖』真不一定等於好，它只是『服從』的**另一個別義詞，還掩蓋了必須犧牲自主性與原創能力的事實。**」我看到這句話時被觸動了。不是為依晨的反擊感動叫好，而是我看到另外兩個關鍵字：「自主性」與「原創能力」。

九成五的演員，都是被選擇的。「主動」是演員這份職業的「肖想」，需要超級賽亞人的勇氣配上絕頂的才華與智慧，才能為自己主動創造。依晨塑造角色的原創能力已有目共睹——從霸氣橫秋的范小敏、傻氣固執的袁湘

琴、都會原型程又青，到此刻即將迎接一輩子無法下戲的「母親」角色的林依晨——你真的以為依晨都是乖順著走嗎？如果她真的那麼聽話，大一或許就休學了，可能更早就會去對岸發展，更別說還去英國深造。我們能擁有今天的依晨，正因為她的不乖順才讓她在演藝洪流中不被沖捲、打磨成跟別人「大同小異」。此刻的依晨已慢慢放過自己，我們大夥也試著別再死盯那完美的「投射」了吧。

我很喜歡依晨把自己比喻成「悶頭往前的火車，隨時準備好疾速奔馳，也坦然接受吃力的緩速爬行」，所以她很早就懂抉擇中的取捨：能夠勝利，但要犧牲成功；能夠成功，但要犧牲勝利。就像之前說的包容與容忍的過渡。她心中的天堂，重點可不是多好多棒多舒服，而是一個單

純的畫面。依晨始終不停在覓尋著最美的顏料，塗塗抹抹畫出讓自己能「怦然心動」的東西。

怦然心動為行事最高準則這個概念，不是每個人都能理解。演員需要觀眾，許多人終其一生都擺脫不了「討好」的辛苦。那是一種習慣的惡性殘留。演員很容易生（悶）氣，因為憤怒是在否認無助感，如此熱愛表演的依晨肯定都經歷過一段氣嘟嘟的生命期，而憤怒也有時是一種顛倒的愛。這本如散步讀書筆記的小書，見證了她如何用知識化解一切。

以演員的角度欣賞另外一個演員時，與其研究分析她的表演作品，不如探究她如何生活，如何充實，如何思考，來得收獲更大。表演老師一定都會跟學生說：要多看書。

只可惜許多學生，錯失了閱讀成習慣的黃金時期，若要能在書海中感到怦然心動，就得重新培養起這習慣，時至今日，要下的功夫恐怕遠比掌握方法演技來得更具挑戰吧。

　　依晨在書裡提到齊克果的《百合·飛鳥·女演員》。齊克果以莎劇最典型的少女茱麗葉為代表，提出「女性的青春性」的延展。他說：「一個女演員，恰恰是為了再現茱麗葉，從根本上必須與茱麗葉有著年齡上的距離。」當然這裡是指劇場，需要大量技巧與經驗；影像的「視覺現實」是另外一回事。但這句話的重點是「時間」對演員的重要。時間會拿走一部分青春、幸運與無常，同時也讓人更認清情感永恆與本質純粹的部分。要深度詮釋這份「認清」，無論是寫詩、寫小說、作畫、雕刻還是演戲，都無法單純靠用功分析、執行技巧可以實現。時間是必然，無

法作弊，沒有捷徑。

　　你手上的這本書，剛好誕生在此刻，一個女演員迎接這輩子最神聖的角色。這是一場溫暖的回望。請放心，火車依然在軌道上，未來絕對會令人怦然心動。

（本文作者為演員／作家）

# 是啊，妳，
## 這就是妳啊，林依晨

——謝盈萱

　　該如何形容依晨？我和劇場友人曾經玩過一個戲劇遊戲，用一種動物來形容自己或其他人，但這個遊戲不知為何始終很難套用在依晨身上……當時我想破頭還是想不到最能夠代表她的動物。於是我擅自將她歸類在保育類的未知物種，一直以來還沒有方法將其定義。

　　但，「定義」的意義又何在呢？

　　第一次遇到她，是什麼地點、在什麼場合我已經記不太清楚。那時還只是個劇場演員尚未踏入影視圈的我，對她的想像大概就是一些支離破碎、透過媒體報導拼湊出來的明星形象。如同她的乖巧，她的用功認真，她的零負評，她的種種，被大眾冠上的神級桂冠，那個光芒被加乘得太

過鮮明，以至於層層疊疊暈染出的閃耀，總是遮蓋住視線難以輕易看清。

我們不是會一天到晚約碰面的那種關係。認真算算，認識了她十幾年的時間，大概真正見面是二、三十次數得出來。然而，從這些數得出來的會面頻率，我慢慢摸索出彼此之間一種奇特的平衡；偶爾的交錯，再各自投入生活的軌道，甚至平行得如此安靜，也未曾提及共同朋友過多的資訊。

曾經我著實困惑，這大概是我遇過最奇特的友誼，但若真要說起來，我卻也在每個相處的點滴縫隙中，不小心會驚喜發現她對世界高度敏銳的感知，那個面向充滿豐富情感，該喜該悲，她一概知曉，只是不需要大張旗鼓對別

人說明。

　　所以這到底是哪種動物呢？每次與她見面後，總讓我想起那個簡單又直覺的遊戲～畢竟蓋印標籤永遠都是人類最便宜行事的方法，像連鎖速食，不花腦袋連連看，一枚數字對應一套餐。

　　等到自己踏入產業後，才真正地發現這個環境有太多難以為外人道的部分。

　　「公眾人物」（或說，明星？）是一種極為特殊的身分；群眾的想望、背後團隊的期待或是自身定位的搖擺等等，都是產業鏈內盤根錯節的一環。在看似無從選擇的遊戲規則中，到底是將自己放上流水生產線不止息的復刻

樣板，又或者下定決心要為自己重塑出一個無跡可尋的模式？最終成敗或許有其幸運，但絕對包含努力。只是，總會有幾次面對交叉路口的機會來臨時，往左往右，常常已經決定了因果，通往更光亮的路途，甚或指向無邊的黑暗。

是善或惡，有進階，有沉淪。

而她，很顯然地，踩出了一條專屬她的道路。那是一個看似可以被輕易定義的模範表率，卻絕對經歷過我們無可知也不需知的深壑幽谷，而這一切我只能猜想，我甚少細問也不清楚。

直到這本書的書稿擺在我眼前，直到閱讀的過程中，

在許多章節裡印證了我們見面時所有微小驚喜的剎那，果然這個不負眾望的嬌小天蠍，透過文字一舉攤開曾經的脆弱、倔強、好惡、自省，不只是真實地共享屬於她人生每一里路程的所見所聞，還經過細膩覺察的反芻進化，並邀請讀者一同參與對生命大小事物的互動與討論。那些困難，成為養分，成為這本書中一路餵養出實打實的林依晨。

於是我大概明白了，無法找到能夠適切形容她的動物也是理所當然的吧。因為，她是在豐饒且複雜的生命中持續前行的「人」。

曾經聽聞一位表演藝術家前輩如此說過：所謂的「演員」分為兩種，一種只是在演戲的人，一種才是真正的演

員；如果只想成為只是在演戲的人，那麼當然也可將自己懈怠在一條不需要前進的道路上，不需要如此盡力地去深挖開拓幽林美境。但追求於對生命龐大的探詢之中，依晨渴求的是來自「演員」身分的本能，於是想看得深，也願意學習看得輕，力求在凡塵中開通第三隻眼，並且積極分享那個寬廣的所得，像是一幅美好的三十九歲拼圖，從第一塊拼整至最後一片，將之展現在書中各個角落，以此書獻上身為演員，落地為人，對宇宙與生命的感謝。

二〇二一年書籍完稿，並邀請我為《做自己，為什麼還要說抱歉？》撰寫推薦的同時，她也恰恰迎來了新手媽媽的角色。而我只想說，解鎖這個全新身分的她，應該也不可能停止她追尋不斷成長的信念～也許世人會繼續臆測，會繼續窺探，但我知道她仍會勇往直前，為自己、為

新生命再次蛻變成為一個全新獨一無二，讓人看似摸透，
但又摸不透的林依晨。

（本文作者為演員）

前言——

# 人生的下半場，
## 從現在開始真實面對自己

其實原本這本書的誕生是沒有在我計畫之內的（但可能在經紀人的計畫之內）……

從一開始對一些經典名言、各地俚語的反思及解讀發想，到後來慢慢轉變成對自己出道二十週年歷程的回顧與省思，突然間它的形象和骨肉就具體了起來。

有人說，這本書的內容跟我之前寫的很不一樣，有點太誠實、太百無禁忌了，或許，是人生即將邁入下半場，對真實的渴望更甚以往……

別人看我總覺得異常勤奮，其實只有我自己才知道自己有多懶散且企圖省力，而能如此行事的秘訣，大概就是

努力將選擇壓至少而精準關鍵，並認真、誠實以對吧。

或許我們都還會不停地轉變，這個階段的記錄也終將只是過程，但欣喜並感謝有你們的參與！

Drama & Creation

# 戲劇，創作

女演員的青春最寶貴？

演員是吃青春飯的？

可是我想當有趣又有故事的（老）演員啊！

# ◐1

二〇〇六年，我在紐約電影學院為期一個月的表演工作坊中，首度選擇詮釋契訶夫（Anton Chekhov）的劇本《海鷗》中妮娜的獨白；二〇一二年，我又回到紐約，並以同一篇獨白通過面試，得到倫敦CSSD學校的螢幕表演碩士班入學許可。

其實當時的我並沒有意識到自己做了同樣的選擇，只惦記著要找自己最有認同感的片段。面試我的系主任後來跟我說，當時她在我的眼睛裡，看到了屬於妮娜的那道（神祕的？）光。

戲劇上算是半路出家的我，高中大學時期並未研讀過任何經典劇作的文本，二〇〇六年頭一回接觸，就驚嘆於眾多人物竟皆有志一同的執拗（導致?!）悲情，包括妮

娜，但她那股想成為「真正的女演員」的頑強信念感，讓我默默認同了她，也幾乎底定了之後自己面對戲劇的基本心態與路徑。

那六年間得到了一些肯定，也不缺嚴苛艱辛的拍片日子及戲劇化的人生經歷，可喜的是於此同時，也慢慢感受到自己對於戲劇的想法與信念被打磨得更加純粹而銳利了，特別是心境上，真的像妮娜那樣，對自己保有信心，對往後下定決心，無論高峰低谷，軌道已然鋪設完成，我就是悶頭往前的火車，隨時準備好疾速奔馳，也坦然接受吃力的緩速爬行，只要確認自己還在軌道上，還在那條砥礪心智信念的軌道上就好了……

其實日子早已又過去了另一個六年有餘，回頭檢視，

慶幸自己並未脫軌，還是朝同一個方向前進著。或許外人看來停滯已久，但那何嘗不是他們對於火車「速度」、軌道「長度」、地形「坡度」上的一種執念與誤解？

2

二〇〇九年底，我在巡演林奕華導演的舞臺劇《男人與女人之戰爭與和平》時，一位影迷送了丹麥哲學家齊克果（Søren Kierkegaard）的《百合・飛鳥・女演員》給我，她在封面內頁摘錄下書中這段話：

一個女人並不是在十八歲的時候成為演員，而是在三十歲或者更遲她才成為演員。

並註明：

獻給：
我未來最敬愛的
女演員，女藝術家：
林依晨女士。

　　當時對她這樣的期許我真是又惶恐又迷惘，因為在同年初的腦部手術過後，我其實對於自己在戲劇這條路上的能耐開始產生質疑，不僅僅是體力、耐力、意志力，甚至包括能挑戰的角色類型。

　　當時的我，也不知道自己在術後整整兩年的時間，會以兩張個人專輯、一本類遊記書、一部舞臺劇裡並不特別吃重累人的角色度過。我明白這是經紀人擔心我身心狀況下所能做的最好安排，我也盡了當時所能盡的最大心力完成這些工作，但那種極度想回歸影視拍攝工作的渴望，和不確定自己能否勝任的恐慌與不自信感，交相拉扯著讓我根本看不清自己的模樣。

　　後來，說服自己慢下來生活與工作後，身體終於慢慢

恢復了，在跨入「三十歲」這個特別關卡的前後，幸福也幸運地又塑造了一兩個具代表性的角色。

　　十八歲，恰恰是我出道的第一個年頭，青春正茂，熱情正盛，雖非花容只有月貌（似滿月時的飽滿臉蛋兒），卻有著超額高漲的樂觀與積極，以此順利消解了不少入行後的不熟悉和不適應（當然，還是有部分始終不願妥協、不願適應的地方）。那樣青春的年華熱切呼應著許多同樣青春的角色，但飾演她們的我漸漸明白，「她們」無論是嬌憨羞澀、刁蠻搞怪，終究還是在一定範圍的光譜之內。

　　三十歲，有了十數年的積累，演員本身和同樣年齡層的角色們，質地都會有一定程度的層次和複雜度產生，不是絕對，但相較於十八歲，總是有了更多的故事可訴說，

讓人想一探究竟……

　　女演員的青春最寶貴？演員是吃青春飯的？可是我想當有趣又有故事的（老）演員啊！過了三十歲，「演員」更豐富的光采色澤才開始要慢慢顯露展現。八十多歲的茱蒂・丹契（Judi Dench），雖然眼力已經讀不了劇本，但只要有人唸給她聽，她還是能夠塑造許多奇異而有魅力的角色，那是我最終想達到的境界，而中間這數十載，我還有很多時間與空間去拓展和實驗～

　　非・常・期・待！

# ◐3

「要給導演和對手演員出難題。」

　　這是二〇〇五年吳尊和我主演的電視劇《東方茱麗葉》殺青後，王明台導演在寫給我的一封信中所提及。當時的我其實並不太能領會，前一陣子在整理這些珍貴的信件時，才有些頓悟了。

　　以前拍我的導演和剪接師都說剪我的鏡頭非常輕鬆，因為我會幫他們考慮到連戲動作和說臺詞時不要搭到他人的，不過，現在的我沒辦法讓他們這麼輕鬆了，我應該更專注在對手演員，而不是分心思幫忙考慮後製怎麼樣比較方便……

　　而王導所說的「出難題」，或許並非指刻意為難，在

我的解讀裡，可能是更相信對方能承接得住我們所有的情緒。我們不應害怕出錯或未知的結果，因而選擇簡化、弱化或強化自己的反應，而是應該「真實」、「誠實以對」。對方覺得你少了自然會追擊，覺得你多了自然會退縮或更強硬，結果各不相同，但最重要的是，我們得先「如實反映」。

所以，不要不敢給對方你所有的情緒、思緒和想法，因為這對他來說會是禮物，反饋回來給你以後，會是更大的禮物！

4

　　我有很多劇場界的朋友都是獨自一人居住，有的時候看著他們說走就走、讓激情帶領生活的種種分享，心裡老羨慕了。

　　我也是一個非常需要個人空間的人，甚至有些孤僻，獨處對我來說完全不是問題，反而非常享受。不用和他人相處時的我，才能更專心地和自己內心對話，繼而萌發更多的想法和感悟，很多生活中的經歷或劇本中的片段，也是獨處時才能消化、辨明的。

　　同時，因為暫時不需和他人互動、時時在乎他人的感受，而能保留一些自己的稜角，而這些稜角，恰巧是創作、表演上最寶貴的「個性」。

　　義大利畫家羅曼・布魯克斯（Romaine Brooks）說：「藝術家必須獨自生活，自由自在，否則所有的個性都會消失。」

　　去英國唸書那九個多月，我算是初次嚐到了獨居的苦澀與甜美，以及隨之衍生的敏銳、強悍與警醒。現在三代同堂的狀態，我時時矛盾掙扎於收起自己的稜角，也常常睜一隻眼閉一隻眼地讓它們出來透透風，只能說，辛苦了與我同住的家人們啊……

　　有時候也非常需要自己一個人的下午茶或小旅行……真對不住，但我必須擁有這樣的沉靜與孤寂，讓一些未可知的直覺與靈感，在沒有什麼束縛的狀態下悄然浮現……

　　但為什麼，還得努力地說服自己──我不自私，我真的，一點也不自私呢？

我必須時而擁有只屬於我自己的沉靜與孤寂，
才能讓自己的個性保持清明。
我不自私，我只想成為我自己。（林依晨拍攝）

# ◗5

　　以前的我讀完劇本後，總是思考很多前因後果，非把自己的角色和其他角色的關係、對話、明處暗處的互動、彼此隱藏的祕密等，理得清楚透澈，才有足夠的安全感去思考和創作角色，也不免預先設計好自己的角色在每一場次中，可能會有的一些反應和習慣動作。

　　《孫子兵法》說：「謀定而後動。」

　　但後來，慢慢體會到創意其實源自於「行動」，「做就對了」很多時候比「謀定而後動」更有驚喜。

　　怎麼說呢？此處的「先行動」並非指先自顧自地表演、不理會他人，而是先以角色的個性和狀態做他會做的事情（不要先設限，可觀察正式拍攝時現場場景、道具布

置甚至天氣變化、臨演們提供的可能性），在這個過程中自然就會有新的靈感／動機產生，進而衍生新的動作／行為，先前的設定也就不一定需要了，對戲演員也會立刻感受到你的角色，並以他的角色狀態與你互動。

簡略來說，就是只先預備好角色性格及該場次的狀態，動作、行為等劇本中提及或未提及的，都先不做限制，也不事先設計，全身心投入地去「做」然後「感受」然後「反應」。

就這樣，極其單純，但需要非常專注。很簡單，同時也十分困難！

6

　到目前為止的表演生涯中，有一幕令我印象非常深刻，一直到現在都還會時不時地想起。

　倒不是出現在我主要耕耘的戲劇領域，而是好幾年前還會參與跨年演唱會的日子。那時候在後臺等著上場，在我前面出場的是超級實力派鐵肺女王、天后A-Mei——對，就是只要她在臺上就不會讓人擔心或失望的那位。

　我記得當她表演的時候，所有人都沉醉在她的歌聲和舞臺魅力之中，究竟唱了幾首歌、哪些歌也記不得了，反正都嫌不夠，但真正衝擊到我的是她退到後臺時的樣子——她小碎步地跑向後臺，幾乎像是逃離舞臺一般，拿著鑲滿水鑽麥克風的手，一邊不停拍打著自己的胸脯，一邊氣喘吁吁地對迎接她的團隊人員們說：「好可怕好可

怕！好緊張好緊張！他們怎麼這麼熱情！嚇死我了嚇死我
了⋯⋯」

　　我當場的確被震懾到了，但不是因為熱情瘋狂的觀
眾，而是A-Mei被妝扮武裝成女王又猶如戰士的模樣，同
時亦擁有頂尖的現場實力，流露出的，卻是無比脆弱、敏
感，且敬畏舞臺與觀眾的真誠，那確確實實重新定義了我
心中「偉大表演者」、「表演藝術家」的形象。

　　會害怕、會緊張，代表我們能夠意識到自己的不足，
也同意自己還有更多可能性，並保有敬畏一切未知的最基
本態度。而自知脆弱仍決意前行，或許才是真正的勇氣！

# ◗7

　從小到大，經由家庭／學校／社會教育、藉由與他人的相處，有太多的資訊、說法與成見累積在我們心中，但到了某一個時間點，當我們能夠獨立思考判斷時，也應當開始能夠移除那些不必要或過度偏頗的部分。

　心和腦的空間都是有限的，裝載不了太多負面能量和無謂的訊息，適時地排空（當然不可能完全淨空）它們，才會有新的流動出現。

　美國抽象畫家艾格尼絲・馬丁（Agnes Martin）曾說：「我有個開闊的心靈，為的是要做靈感所召喚的事。」

　對於表演者來說，表達、連結情緒的管道是否暢通很重要，但開闊的心靈更是關鍵，因為我們要裝載非常多關

於「角色」的觀點與心緒，若裝滿了自己的，又何來空位百納其他角色的呢？

　　世界上有太多種人（角色），他們都擁有自己的視角和各自的難處，排除成見，讓「同理心」主導一切，「靈感」才有可能隨時隨地毫無障礙地降臨，而這樣的狀態，可是表演者們求之不得的！

# ◗8

　　當孩子還小的時候，他們是充滿玩性而難以被束縛
的，我們可以看見靈感與創意時時從他們身上迸發；他們
沒有包袱，沒有打算符合世俗的標準，一切都是那麼的自
由奔放。

　　而大多數的孩子也不會替自己貼標籤，因為他們有太
多的可能性，不懂為何要被簡單定義、定型、定位，也往
往是大人們壓抑式的言語、習慣否定而非鼓勵的教養方
式，讓他們的自信心慢慢萎縮，終致變成和大人一般模
樣……

　　無論是何種職業的大人，內心一定有個小小藝術家，
可能受了點傷，不過無損於他其實擁有豐沛創意能量的事
實。

畢卡索（Pablo Picasso）說：「每個孩子都是藝術家，問題在於，我們長大後，如何繼續當個藝術家。」

尋回充滿靈感、生命力的自己，療癒他，甚至成為一名快樂的兼／全職藝術家，可能是一生中最重要的改變之一！

9

　　想像力是需要時間培養、發酵的，而且是以一種不太符合世俗標準的方式進行——玩耍。

　　若把想像力比喻成一個孩子，我們必須願意放任他在時間的原野待上好一陣子，沒有目標、開心地到處閒晃，隨意走走看看聽聽、感受周遭的一切，最好是睜一隻眼閉一隻眼地讓他去打混摸魚，而不要給予任何規則限制，他帶回來給你的東西可能會讓你驚豔不已！

　　創意從不是靠聰明才智，而是依照內在需求的玩耍本能，藉由和喜愛的人事物玩耍，因而開心、自然地湧現靈感。

　　怎麼聽起來有點太過簡單單純？但事實就是如此，我

們只是用這個方法讓管道暢通，讓強烈的內在指示和靈感創意能順利出現而已，隨後，藝術就這麼誕生了！

# ◗10

　　法國浪漫主義大師德拉克洛瓦（Eugène Delacroix）說：「藝術固然追求完美，但是如果藝術家除非完美，否則絕不創作，可能會終生一事無成。」

　　我想，完美主義確實曾經是我的致命傷。

　　若一切都交由理性思考分析來主宰，那麼感性與靈感將無從降臨，太著重在雕琢、修正細節，於是一步步地將原創性扼殺，也讓成品慢慢變成缺乏熱情的模樣……

　　之前經歷了好一陣子的撞牆期（其實也不確定現在走出來了沒……），不過愈來愈看清──完美主義只是自己避免犯錯的藉口，是自尊心在搗鬼，而且它切切實實地阻礙了自由創作和允許犯錯，更沒機會檢討錯誤──因為根

本不敢去嘗試冒險，又何來錯誤可檢討？

那種感覺，就好像我被困在一個愈縮愈小的繩圈之內，力量逐漸被削弱……

完美主義直接讓我無法繼續前行。

如果已經因緣際會看到了這個可怖的迴圈，我怎麼可能會想再踏回去?!

於是，冒險不得不開始了……

# #美麗

誰說女人不能充滿自信霸氣、絕對自覺、
能果斷做決定、十分堅定強壯，
同時還極度性感？

# ●1

　　法國哲學家伏爾泰（Voltaire）說：「外表的美麗令眼睛入迷，內在的美麗令心靈入迷。」

　　很多人為了吸引他人目光，非常精心打扮，甚至不惜動各種大大小小的手術，「升級進化」自己的外在條件。我常在思考，因為這樣而被吸引到的異性（或同性），就算真的因為他／她們好看的外在而拜倒其下，最終也很可能因為這個條件的崩壞而離開──只是時間早晚的問題罷了。

　　反之，受性格、人品或學養吸引的人，往往會因為這些特質隨著歲月愈陳愈香，而更離不開了。

　　能兩者兼顧當然勝算更大，也感謝上蒼眷顧、祖先積

德，但若真要二擇一，該選擇將來會跌價的，還是會增值的呢？這或許是感官與理智，噢不，是感性與理性之爭的問題了⋯⋯

2

身而為人，擁有比其他物種更多樣而複雜的「情緒」，始終讓我覺得既美妙，卻也殘酷無比。

幽默、感恩、愧疚、同理等情緒驅使的行動，大多能讓更多人感到快樂；而憤怒、嫉妒、傲慢、貪婪導向的行為，則幾乎每每迎來毀滅性的結果。

也許我們會因為社會價值觀而選擇隱藏某些看似負面的情緒，但其實人有情緒是非常正常的，甚至從戲劇的觀點來看，所有「真實」的「行為」和「情緒」都是美麗的呢。

義大利知名女演員伊莎貝拉・羅塞里尼（Isabella Rossellini）曾說：「當一個人顯露出情緒時，我可以很容易感受到他／她的美麗。」

　　服裝設計師凱文・克萊（Calvin Klein）也曾說，他喜歡看起來「真實」的人。美麗，並不需要外表裝扮得像個明星，我更常被一個人的表情或肢體語言所吸引，因為這顯示出他／她是如何生活著。每個人臉上每條細小的紋路都有著一段故事，他們的肌肉線條也訴說著他們是如何為自己的人生拚搏（或不拚搏）。

　　總之，在現今這個數位時代，「真實」的痕跡，無論是生理上的呈現或心理上的表達，都是相對珍稀的存在啊⋯⋯

## 3

對於「美」的定義，從小到大、自出道以來，我一直在探索，也始終在追尋的路上。曾經很迷惘，苦苦追逐著世俗的標準，到現在，終於可以坦然接受自己，也悅納了更寬廣的「美麗」定義。

一直覺得自己並非「典型」美女——沒有視覺上會激發賀爾蒙分泌的窈窕身形和豔麗面容，個性上甚至不太柔軟溫婉，不但大而化之、好惡分明、執拗且淡漠，也只勤快於自己有興趣的人事物，對於經營人脈這等事更顯得意興闌珊……

或許外貌上還是有些女兒家的特徵，個性上卻相對非常男孩子氣；不過，男性、女性不同的特質若能同時顯現在同一人身上，不也是一種有趣的對比？誰說女人不能充

滿自信霸氣、絕對自覺、能果斷做決定、十分堅定強壯，
同時還極度性感？

德國服裝設計師吉爾・桑達（Jil Sander）說：「美是
一種和諧，在於內在和外在、靈魂和氣質、精神和魅力之
間。美，取決於豐富的個人特質。」

除了豐富的個人特質，我想真正的「美」還來自於靈
魂的厚度及成長，來自於懂得愛與付出，同時保有自尊和
自愛，並永不放棄地追求更多人的福祉。

總的來說，「美麗」，其實就是所擁有的內、外在特質，
勻稱、諧調而平衡地存在著，且不僅只看到自己，也看到
他人，讓人覺得如沐春風、舒心自在。

◗4

　她供養了所有生靈，也供應了太多關於「美」的驚嘆、關於各類藝術創作的靈感，甚至也默默展示了「愛」和「生命」的真諦與價值。

　那美好卻也危機四伏、既強韌亦脆弱的大自然哪！（或許我們也可以稱其為某種「神蹟」──何嘗不是呢？）

　孩子們若能從小接觸大自然，感官與心靈都將徹底被打開──山海之間、陽光雲朵雨露底下，他們會體驗到不同的溫度、溼度、光線、色彩、氣味，能敏感於風的來去、水的多變面向、各種樹木土壤石礫礦物的質地，並目睹生命是如何地延續與起落，在能勇於探險、創造的同時，保有敬畏造物主的謙卑心。

　　即使是成年人如我們，習慣都市生活如我們，也能在其中感受到平靜與撫慰，亦能從中汲取關於生活、生命的靈感而受用無窮。

　　然而，有這麼多人肆無忌憚地傷害她、剝削她，已經開始不得不反撲的她，還能陪伴我們多久？

即使是成年人如我們、習慣都市生活如我們——
即便是在都市一隅，都能在大自然中得到平靜與撫慰，
亦能從中汲取生命的靈感而受用無窮。（林于超拍攝）

5

「優雅」這個詞所包含的意義,遠遠超過它字面上看起來的樣子。

在考究的電影作品裡或是書報雜誌上,我們可以看見許多「典型」的優雅形象,但那是非常外在的呈現,或許有些的確有著豐厚的內在涵養與教養支撐,不過這個詞還有更寬廣的可能性。

從容、認真、體貼與奉獻,是另一種層級的「優雅」,這也讓優雅不再專屬於某些特定階層或擁有良好教養的人士。

歷經人生風霜捶打的人們,能敞開心胸、擁抱自己和生命的缺陷,是優雅的自在。

　　在老舊攝影棚上方的貓道來回穿梭，毫無保護措施卻快速、熟練地調整燈光的工作人員們，是另一種專注的優雅。

　　餐廳外場為不小心打翻酒水的客人，隱而不顯地快速替換掉口布餐具並送上紙巾的服務生，以及內場和諧共事默契十足的廚師、助手們，盡顯專業的各色優雅。

　　而在某些公園、某個廣場，偶然看見為身心不便者開設的舞蹈課程，發起者、與會者、陪伴者，亦各有各的優雅……

　　在這些我們從來沒想過的場域，都能瞥見優雅的蹤跡。無論它是以將心比心的溫暖包容、謙卑圓融的人生姿

態、諧調自然的流暢動作、看似笨拙卻十足努力的奮鬥、善體人意的貼心安排、不在預期內的體諒理解，或是非必要但仍為之、令人感動的友善憐憫之舉等形式出現，皆讓人猶如春風拂面。

　　有人說：「美的最極致且最高貴面向，就是優雅。」如果以上述那些特質重新定義，我服氣！

## ◗6

　　宋代的茶陵郁禪師悟道時說：「我有明珠一顆，久被
塵勞關鎖。今朝塵盡光生，照破山河萬朵。」明珠指的是
佛性、慈悲心與智慧之光，人人與生俱有，不需他人給予，
只是太多讓我們煩惱的凡塵世事就好比厚重的灰塵，蒙蔽
了明珠，也蒙蔽了我們的心，讓我們猶如行屍走肉，幫不
了別人，也助不了自己。

　　如果這樣美好珍貴的特質本來就在我們身上，為什麼
要放任那麼多的壓力、俗務累積才行清理？若能養成習
慣，問題來時不逃避、不延宕，並時不時提醒自己擦拭一
下，就能時常保有它們的光澤與力量，照亮我們自己的
心，也光照三千大千世界。

　　而這，就開啟了一個更快速有效的善循環！

# ◗7

事物有兩面性，獸類人類亦然。

英國詩人沙遜（Siegfried Sassoon）說：「心有猛虎，細嗅薔薇。」即使是兇猛強壯的老虎，也會有細嗅薔薇的時候；即使是遠征他方的雄心大志者，也會因溫柔與美麗而駐足動容。正所謂俠骨柔情、能至剛亦能至柔，我想也就是如此吧！

這樣看似相對立的特質，其實是能夠互相調和而並行不悖的，人心人性又更為複雜多面，但正是這種多樣性，讓「人」有種多變的美，一個立體、有魅力而讓人難忘的角色，通常都有此種特質！

## ◐8

　　我們常能從大自然中汲取「美」的元素，無論是狂野奔放、細緻幽微的（如瀑布雲海，如山嵐細雨），亦或是汲汲營營、鍥而不捨的（如飛鳥走獸，如螻蟻蜘蛛），總有一種不加雕琢的原始生命力，讓「美」的定義充滿著躍動感且生機勃勃。

　　自然中的美，還在於其隱含了太多人類渴望擁有的理想特質──滴水穿石的恆心與毅力、海洋的包容與浩瀚、樹木的堅忍不拔與樸實、生命的無聲累積與互助犧牲等，無處不是課堂，每個成員都足以為師。

　　而有些「美」，則是符合人類文明的理想，有節制、有修飾，以歷史增色，以文化潤澤，甚至經過精心計算之後的所謂「設計」，也能呈現出不同的「美」。如同所有傳

世的藝術作品，幾乎都是啟發於自然，完整於人類感受後的再創造，因而經得起時代變遷、審美變化的考驗。

　　我很感恩，有這麼多種「美」，能讓我從這麼多種視角發現，並為其傾心迷醉。誠心希望這些美，永遠沒有消失枯竭的一天！

即使是不經意地在車上往窗外一瞥、隨手留影，
看似樸實無華的景色卻往往令我心醉神迷。
我感動並感恩著，始終如是。（林依晨拍攝）

## ◗9

　　Magic hour的天光雲彩、落英繽紛的那一刻、一顆顆通紅透亮飽實的蘋果、一紙字跡娟秀端正的情書、戀人們對視的瞬間、懷孕女體的柔和圓潤、一曲德布西的〈月光〉、那幅《馬背上的葛黛瓦夫人》、羅丹的雕塑《吻》、跳著《天鵝湖》的芭蕾舞者們……

　　很多人事物的美與好，我們往往在第一眼、接觸的第一瞬間，就能感受到其帶來的衝擊與震撼，那種感動、滿足和喜悅沁人心脾，久久不散，也在潛移默化中提升、拓寬且加深了我們的視野、審美與感受力。

　　經由五感（視、聽、嗅、味、觸）交互作用的覺察，常讓我們對「美」的體驗更加全面而深刻。而欣賞美、體驗美、實踐美，更是許多人樂此不疲的日常。對美如此執

著而受其影響至深的，也只有人類了吧！

永遠看不膩陽光從雲層中迸出，這豈不是在與美對話？

（林依晨拍攝）

## ⬤10

生活中從不缺少美，但缺少發現美的眼睛和心靈。

除了那些顯而易見的美——造物主在自然界揮灑的美景、人類世界的美麗人兒與華衣美服珠寶豪車雅宅、各界藝術大師傑作等，還有更多潛藏於個性、人性、品格、思想、情感的美，更值得被挖掘。

總能不斷啟發我，使我的生活永遠不缺乏目標與樂趣的，是真、善與美。三者本身與接近它們之所得，就像是一個無窮迴圈，互相刺激、彼此供需，生生不息！

# # 純粹，力量

我到現在都還是很孩子氣，
但我驕傲我是個成熟的孩子！

# 1

有位電視臺長官每隔一陣子看到我都會說:「哎喲～妳怎麼好像都沒有改變,永遠都是一副孩子氣的樣子?一點大人樣都沒有。」

對於他的這番評論,一開始剛好搭到我急欲轉型卻始終不成的圓臉水腫期,於是乎懊惱、窘迫等種種情緒紛起,更是積極地節食、運動,期盼能以 (清秀) 輕瘦佳人的模樣一改外界對自己的既定印 象。

後來的故事大家都知道了。我的水腫是起因於腦中的蝶鞍部囊腫,手術摘除後再搭配正確的減重方式,形象大不同於從前,可娃娃臉的感覺還在,所以那位長官還是常常覺得我看起來顯得稚氣無機心。

　　然而，後來的我再聽到他那般感嘆，已會自動轉化成另一種輸入模式——「大人」的定義為何？如果是像他那樣人前人後態度不一、嘴上說一套實際做一套，耍盡手腕只為了鞏固自己的利益、踐踏他人福祉於不顧，那我寧願一輩子天真，不傷害他人。

　　對我來說，職場上真正的「大人」所意謂的「成熟」，是尊重自己的工作，自律、準時、有效率且合理的敬業，以及對他人的同理、包容、互助與互相成就，這和外表給人的感覺無關，但一相處起來大家都心知肚明。

　　沒錯！我到現在都還是很孩子氣，但我驕傲我是個成熟的孩子！

# ◗2

　　美國前總統西奧多・羅斯福（Theodore Roosevelt Jr.）說：「有一種品質，可以使人在碌碌無為的平庸之輩中脫穎而出，這個品質不是天資，不是教育，也不是智商，而是自律。」

　　我絕不算天資聰穎、智商奇高，只能說是有意識逼迫自己自律的人。因為我知道，時間是太可怕的複利機制，只要能養成習慣，什麼都能累積。

　　有人覺得，自律限制了自由和樂趣，我反而覺得，自律的結果才能帶來真正的自由和豐盛富足，因為它是我們實現經濟獨立而後精神獨立的重要關鍵。由此看來，自律不也是解決人生問題、消除人生痛苦的重要手段嗎？

　　覺得壓力山大嗎？別！只要把自律作為人生的基調就好，時不時的耍廢、放空、休養也不可或缺！

# ◐3

嗨！婷婷：

　　好久不見，妳一切都好嗎？

　　時間過得太快了，快到我不能清楚意識到自己已結婚幾個月，而妳，我印象中還是小女孩的妳，也大到想嘗試愛情的酸甜苦澀疼了……

　　依晨姊姊並不想勸妳什麼，只希望妳能看到自己更多的可能性，關於愛，也關於妳自己。

　　姊姊高一初入學沒多久，就對一位理科班的學長一見鍾情，雖然競爭對手眾多，自己也並沒特別出眾，但持續的貼心關懷和書信禮物吃食攻勢，還是讓我感覺到自己在

學長心中，漸漸擁有與其他女生不同的定位……

　　但時間一天天過去，學長卻遲遲沒有進一步的表示，讓我心悶得發慌……有一天，我實在受不了了（對啦，就沉不住氣），打電話給他想確定他的心意，學長很誠懇地對我說，他很喜歡我沒有錯，但他國中時談了兩段戀愛，沒有分配好心力，因而高中聯招成績不盡理想，讓他的母親很傷心，他自己也很後悔、很茫然，於是便下定決心高中三年都不談感情，等考上好大學了再說。

　　我那時聽了心情很複雜，一方面是「等待」真的很痛苦，他如果真喜歡我怎麼能忍受？而且每次都要我主動問候，他才會有一點點「禮貌上的回應」，這樣叫喜歡我？可是仔細想想，這樣懂得節制不逾矩、重承諾且有原則的

上進男孩，不正是我想要的嗎？於是我告訴他也告訴我自己：好，我等。

　　過了三年，當他「等到我也考上」心目中的理想學校後，隨即提出兩人正式交往的請求，我們就在學業上無後顧之憂、雙方家人朋友都樂觀其成的狀態下，開始了這段戀情。我還記得當時的我是如何的欣喜若狂，因為「我們」的堅持與努力，讓我們什麼都得到了！（心愛的另一半＋好學校＋親友們的祝福。）

　　親愛的婷婷，依晨姊姊的這段感情，很銘心刻骨，等待了三年，在一起三年。等待，是我們之間的常態，但我知道，因為我願意等，他可以做個守承諾的人，並讓他的媽媽安心、放心，或許也對我有了好印象（事後證明應該

是如此）……也因為他願意等，讓我覺得我是被珍視且被尊重的，因為對方「相信我」也會和他一樣，能夠「暫時」忍受思念之苦，但仍守護著彼此之間的感情，因要為「自己及兩人共同的未來」努力，也有共識將來兩個人一定要在一起，所以「等待」，反而讓我們看到了對方的真心和誠意。時間，安靜但有力地證明了對方值得等待，而這等待，非常有價值。

婷婷，聰慧如妳，有很大的機會可以製造一個「多贏局面」，沒有人會輸，只是將快樂延後，而且這份快樂會更完整、副作用更少。不過，這個機會的關鍵與鑰匙，在「妳」。

最後，千萬要記得，只有妳自己能保護妳自己，不要

因為「意外」而失去了選擇權，身體的自主權是如此，自己未來人生的藍圖更是如此。

　　加油！靜下心來，做好眼前的事，妳可以讓一切往更好的方向走！

　　PS. 什麼是真正的「愛」？用心感受，看他們「做」了什麼，而不是「說」了什麼，愛情、友情、親情都適用喔！

Much love & big hugs!!!

愛妳的依晨姊姊

4

　　我們在練習很多瑜伽動作做停留時，因為肌肉痠痛，常會忘了呼吸而憋住氣，或是短暫休息時，腦中常會冒出許多雜念，此時老師就會提醒我們：「體驗『空白』，享受呼吸就好。浮現任何的思緒，知道就好，讓它經過，不去在意，放掉就好。」

　　老師也常說：「適合的位置就是最好的位置。」身體穩定、呼吸順暢的位置，才是適合當下的位置。在身體不穩定、呼吸不順暢的位置，只能掙扎著求生存，無法從容，也無法體驗「當下」的品質。

　　這些話反覆擊打著我的認知（畢竟要打破陳年舊習需要多次的練習），以前的我總是積極地想求進步、求成果，但有時愈努力卻愈得到反效果。後來，發現自己愈放鬆，

身體不感覺到壓迫後，給它些時間和空間，並把自己交付給地心引力，很多部位的伸展幅度反而超越了從前。

很多人在做瑜伽時，也常會忍不住和他人比較，但每個人的強弱項和宿疾各不相同，這樣的比較著實沒有意義，甚至我們自己的這副身體每天狀態也都不一樣，專心和它在一起，焦點往內觀而非外尋，才能得致最大的覺知、平靜與喜悅！

# 5

　　漢代的賈誼曾說：「愛出者愛返，福往者福來。」意思是好心會有好報。我很想完全同意這句話的美好，可惜它並非完全適用⋯⋯

　　我們以為付出的良善終會回到我們身邊，等陷入困境時，也總會有人善良以對，讓我們得以渡過險境，但歷史上有太多的例子證明這並非必然，否則就不會有「恩將仇報」、「好心被狗咬」、「好人卻不得善終」等這類的說法出現了。

　　排除掉前世今生因果循環的玄妙理論，還有另一種情況讓這句話也不一定成立，那就是「自以為的」善意和好意。

　　每個人都有自己的痛處與難言之隱，也不希望自己永遠是可憐的、需要別人幫助的弱者，若助人者的姿態過高且缺乏同理心，如此付出的不會是「愛」，更遑論會有「福」返還。

　　倒不是說我們就得過分小心翼翼或乾脆捨棄行善，而是選擇付出後也順便遺忘，不要存著對方或命運該給予同等回報的期待，如此，心裡便不至於產生失落、不平或憤懣的情緒了。

# ◗6

俗話常說：「女人雖弱，為母則強。」

但總覺得話不用說得這麼絕對，女人不一定是弱者，成為母親也不一定總是堅強。

外表柔弱，內心堅強的女子古今中外比比皆是，而形體健美、壯碩的女人現今也不少，總之，對於女性內外在的「強壯」定義，在時代推進之下，都有了更廣義的彈性演繹。

而當女人多了「母親」這個身分，母性或多或少讓她們更加堅韌，但養育孩子是極大的考驗與重擔，「父親」的角色若沒缺席，理應共同面對。若家庭失能了，母親也不用堅持一肩扛起，尋求協助吧！我們都該承認，一個人

能承擔的責任與壓力是有限度的，不要讓超標的壓力和情緒扼殺了自己和孩子！

# 7

知識和智慧有什麼不同？

知識就好比我們從小到大讀的書，「腦袋」當時記住了，卻可能會隨著歲月的流逝而消失或有所誤差，也會隨著世事的變幻無常而有所更動。

智慧卻好似我們動手做、親身去實踐、經歷某些事情，那些記憶或悟得是儲存在我們的「身體」裡、鑿刻在我們的「靈魂」上，永遠不會忘記，隨時可以再喚醒。

知識是固定不動，或只能被動被增刪修改的「資料庫」，我們只能查詢、記憶、試著使用，但無法確保用得正確、恰當而合乎情理。

　　智慧卻是一種能活用的「能力」，是融會貫通、歷經生活打磨後的機警圓融，懂得變通，也能視對象、事件和環境而適時調整。

　　如果以古希臘哲人蘇格拉底（Socrates）為喻，或許知識可以比喻成他年輕時寫的書，智慧就是年老的蘇格拉底本人吧！

8

「對不起，請原諒我，謝謝你，我愛你。」

這是近期影響我至深、來自夏威夷的荷歐波諾波諾回歸自性法。

我們所曾體驗過的所有過錯、後悔、痛苦，都能以複述這簡單的四句話進行原諒、懺悔與轉化，藉由這樣的「清理」過程而放下，回到我們「本來的樣貌」＝「原本自由且完美的存在」。

其實這可以理解為一個讓心靈「歸零」的過程，就好像回到「原廠設定值」，而我們本來的樣貌就是最好的了，無須再為它疊加上更多武裝或期待。

　　當一切回歸最初，沒有任何情緒或能量負荷的「零」狀態，各種有關生命的靈感就會自然而然地降臨，沒有極限，心靈也會逐漸變得輕盈而平靜。

# 9

自然的世界裡看似無言，卻總不吝展示予我們最純粹、強大的能量流動。

雨啊，是怎樣的存在呢？可以綿密細緻而有耐心地滋潤潔淨萬物，也可以張牙舞爪狂暴地沖刷淹沒一切——可以柔情，亦能無情。

風呢？我們都如何感受它？當它是配角時，我們常耽溺或嫌惡於其挾帶的香氣或臭味；當它是主角時，我們會震驚於其無形的力量竟能如此強大——無孔不入，亦能玩弄飛沙走石於股掌之間。

雪又是如何？潔白？柔軟？冰冷？可像極了雪白清麗，看似柔弱，實則決絕又冷酷的女子。春季的乍暖還寒，

能像一位不甚有自信，但滿懷愛意與熱情的男子，融化她的心嗎？

　　以自然為假想敵、以自然為良師益友，我想，都有機會開展更寬廣的自我、窺探更深層的內需與渴望，亦更能明白，我們來自於自然，也屬於自然！

# ◖10

　這兩、三年裡,積極預備下一代的到來,慢慢學習如何培養一個美好生命與靈魂的同時,猛然驚覺地球上的汙染超乎我們想像地嚴重許多,很多方面急迫需要改變,特別是碳排放遽增造成明顯的溫室效應,以及塑膠製品的濫用與丟棄。

　大量的塑膠垃圾無論是焚毀、掩埋或傾倒入海洋,經過高溫或太陽曝晒,毒性都會直接汙染空氣、土地和水,進而進入所有生物鏈,包括我們人類的體內……

　產品本身的品質固然重要,但形成的廢棄物後續該如何處理、能否無毒自然降解卻更應慎思!如果任何商品的製造者能夠開始思考產品「自身」或「包裝」的形態/材質選擇可能性/必要性,並開始改變,消費者們開始思考

商品對環境的衝擊而做出不同的選擇，那世界未來的命運會很不一樣！（回收塑膠再製？少砍樹多用再生紙？蔬果食品／商品直接減少不必要的包裝或任何更好的選擇？這或許是比如何刺激銷量更有意義，也更值得我們腦力激盪的議題！）

美國大法官露絲·金斯伯格（Ruth Bader Ginsburg）說：「為你所在乎的事而戰，但以能讓他人加入你的方式來實踐它。」

商業行為在現代社會已無可避免，但我們可以，也應該想辦法讓整個流程盡可能地友善環境——不是不消費，而是聰明選擇。在購買任何商品和食物前先思考它的來源和對地球的影響再做選擇、珍惜所有資源／能源、常與人

分享或盡可能重複使用物品、經常使用大眾交通工具或腳踏車、做好回收、支持自然保育、多素食少葷食……

「極度的便利」經常意謂著「極度的汙染」，若重新習慣一點點的不方便，也不會太影響生活，反而能留住一個繁盛永續的地球，這難道不是一筆最划算的交易嗎？

我做了我能做的，也在生活中盡量身體力行、影響我能影響的人。如果愈來愈多的產品或行業，也都願意盡可能地以繁榮共生、珍惜資源，而非只是消耗、消費然後就丟棄的想法為出發點，那麼我們還有機會扭轉這一切。

一起動起來吧！趁還來得及的時候！

Loss, Aging, & Death

# 失去，老去，死亡

擁有的當下珍惜就好……
擁有的當下珍惜，就很好。

## ◗ 1

　　珍惜我們付出大量時間精力守護的人事物，是人之常情，或可理解為不得不為之。正如《小王子》所說：「因為你為玫瑰花所付出的時間，才使得它變得如此重要。」

　　然而，有些緣分是沒辦法一起走到盡頭的，很多都是，只能在我們的生命途中同行一段時間，或長或短。早一些到的，可能也很早離開；晚一點來的，不見得能久留。能相伴到最後的寥寥可數，就是如此，也一直會是如此。

　　很多時候，「不想」讓早已無力回天的局勢或情感成為「遺憾」，拚了命地做最後的掙扎與挽留，反而最終事情／感情以「令人遺憾」的難堪姿態落幕，那曾經的美好也因此消磨殆盡了。

是啊，我投注了那麼多的心力和時間成本，不堅持到最後一刻，就不是我的了，就全數無法回收了，我為什麼要放棄？憑什麼要離開？

有位亞科斯（Hal Arkes）教授曾以一句話來總結他的實驗：「人生中百分之九十的不幸，都是因為不甘心，這是很多人不懂得及時止損的原因。」

人生最重要的一課，就是學會輸得起。

或許我們不是不願承認緣分終有時，也並非不曉得執著傷人，只是不敢想像不糾結後會發生什麼，因為跟我們預想的不一樣，而不一樣，意味著不安全。糾結著不放手，至少還可以維持現況，可能不會更好，但也不至於更糟。

耗費的沉沒成本固然寶貴，但能及早意識到緣盡而斷然止損出場的背影，卻更是瀟灑難得，且留下善緣和美好回憶吧！

擁有的當下珍惜就好……

擁有的當下珍惜，就很好。

# 2

親愛的花豹小姐：

　　前陣子妳動了一個眼部手術，術後復原情況不如預期，因此妳十分恐懼沮喪，不但一個月掉了七、八公斤，也幾乎夜夜失眠……慌亂求助、憔悴無主的妳，簡直和先前英姿颯爽、機智風趣又嗆辣性感的模樣判若兩人……

　　那天，妳缺席了我們原本要一起看的舞臺劇，因為妳怕自己低落的情緒會影響大家。戲散場後我傳了個訊息給妳：

　　舞臺劇挺好看的，分享給妳一句臺詞，但不需要過度解讀，只要有意識到就好。
　　「恐懼，會慢慢扭曲一個人的心。」

　　我知道他人沒有經歷妳所經歷的，都不能主觀評論什麼，但如果以結果論，早日激勵自己回到正常軌道、有固定的生活 routine，找回積極正向的狀態（那可是原本的妳！），還是比較有助於傷口復原的。

　　傷口或許還會繼續攣縮，但若能試著看待它是個必須與之和平共處的慢性疾病／老化現象／變化，感受它讓妳對自己的身心狀態更敏銳，或是學習「放下」的其中一課（畢竟我們未來的人生還有好多類似的課……）。或許，這一次的事件不會只是失去。

　　妳回覆我：

　　親愛的小盒子，謝謝妳的訊息。

　　我現在正穿著比基尼在我家水塔上晒日光浴，這是我最喜歡的活動之一，說不定有一天也可以帶妳上來一起晒（但要穿比基尼喔）。

　　昨晚我睡了八小時，很不可思議，這是過去一個月來我第一次睡這麼久，好像可以放鞭炮慶祝那樣。

　　我的心中仍有許多恐懼，我甚至連把這些恐懼寫下來的勇氣都沒有，但謝謝妳的提醒，我想，真實的恐懼有它存在的意義，而幻想出來的，確實會扭曲人心。

　　這些日子，家人都說愛我，但我心裡總覺得，這個醜了、壞掉了的我，將永遠得不到愛了，這就是我幻想出來的恐懼。

*     *     *

　　本來我一直無法理解，為何近期參與的戲劇工作坊要我們避免練習「恐懼」這種情緒核心，畢竟在戲劇表演和生活中，恐懼存在也無可避免，後來才慢慢體會到，「恐懼、恐慌、害怕」中隱含的被動、沉悶、令人動彈不得的元素，只會讓人不斷退縮甚至石化，和「快樂、悲傷、憤怒」等最終必會有所決定或作為的狀態，還是有主被動上的差別。

　　德國哲學家尼采（Friedrich Wilhelm Nietzsche）的名言：「與怪物戰鬥的人，應當小心自己不要成為怪物。當你遠遠凝視深淵時，深淵也在凝視著你。」

　　長期處於恐懼之中，自己就算沒有成為恐懼本身，也成了容易散播恐懼的人——無論是否自願，或有無意識到這樣的變化。

　　但，我們真的都有覺察、主動離開恐懼的能力嗎？真的好希望有答案能告訴妳，但其實，我也還在經歷⋯⋯

## ◗3

　　古希臘哲學家德謨克利特（Democritus）曾說：「以
一種邪惡的、不智的、失節的和不潔的方式活著，就不僅
是很壞地活著，而且是在繼續不斷地死亡。」

　　這樣的「活著」，的確等於「死去」。但「好好活著」
又有什麼特定的模樣嗎？

　　忘了在哪裡曾聽人說過：「好好地生活，本身就是一
種戰鬥。」盡力、盡本分地去過好每一天，並盡可能以溫
柔和耐心對待所愛之人和愛己之人，就已經太不容易，若
能做到，也很足夠了。

　　世間事的確存在許多灰色地帶，非黑即白的分類法不
總是適用，但若我們對人事物的反應，能夠盡可能出自善

意而非惡意的興趣，那麼至少，絕對黑色的地帶將無法擴
張！

## ◗ 4

曾有過一次很慘痛的試鏡經驗。

那是在二〇一二年面試一所英國戲劇學校時發生的，我記得我準備的是莎士比亞（William Shakespeare）《仲夏夜之夢》裡的精靈角色帕克，因為準備的方向錯誤，我的語言表達、肢體呈現和整個情境的營造都不符合那場戲應有的氛圍，不僅我演起來尷尬，還能感覺到評分的老師們也渾身不自在……

我甚至還瞄到其中一位忍不住以手掩面，應該是覺得慘不忍睹吧。

那場面試後來怎麼結束的我都忘了，也許是不想記得……出來後還得面對陪試朋友的關心，我卻只想找個地

方把自己藏起來。

　　從不覺得自己在這之前的表演履歷是所謂的「成功」，但那次經驗的挫敗感倒是十足真切。

　　我的角色一直都局限在某種範圍內的形象，而且偏重影視劇的片段演出，突然要挑戰現場表演戲謔寡情、有一點小惡魔甚至動物特質的精靈形象，預先的分析、準備和排練應當要更充足，以抵消可能的失誤及怯場……

　　但「不成功」的嘗試不代表沒有意義，相反地，絕對必要，除了可以意識到自己不足的面向，也能立即校正方向和想法。所以老實說，我並不覺得自己失去了什麼（也許只是一點點的面子），反而感到獲得更多；死去的，也

是先前的舊有思維，豈不甚好？

　　印度詩人泰戈爾（Rabindranath Tagore）說：「當你把所有的錯誤都關在門外，真理也就被拒絕了。」可以說，之後成功的經驗，還得感謝之前不成功經驗的造就成全呢。真理，永遠在犯錯之後來到啊！

5

倘若這個世界生病了，有人挺身而出修復她，一切就還有機會，但若所有的人都覺得事不關己、冷眼旁觀，那就等於助紂為虐、幫助那些作惡者排除阻礙（因為大家的「不發聲」），世界的崩壞就真的一去不復返了。

一切都關於是否有「主動的」干預出現。

或許每個人都像是一塊塊肉排，被各自的命運之鏟翻煎壓迫著，逼使著某些人為惡，也彰顯了某些人仍然選擇向善。但我們都能主動站在某些立場，也可以被動地「被歸納」為其他立場──其實不表態，很多時候反而立場再清楚不過了。

結果，不過就是失去將來的選擇權罷了。

## ◑ 6

如果老年人和年輕人有一樣的欲求、感受與衝動,例如愛情、嫉妒,甚至是性欲或是暴力,輿論大概會覺得反感且不得體吧?這恐怕是社會集體逃避面對,甚至是集體歧視「老去」的可悲結果。

老去,在這一大段過程中有很長的時間,其實思緒還是一樣敏捷,心理還是十分敏感,只是那樣的靈魂會被慢慢衰老的肉體逐漸禁錮,但絕非一日之功。

同樣地,所有原本生而為人再自然不過的欲望、感受、情緒,以及對生命的渴望與熱情,又怎可能到了法定的「長者」年紀,便在一夕之間消逝無蹤?

這個過程無疑是漸進式的,生命也終究無法逃離衰亡

的命運。社會與其他年齡層的人若能給予理解與支持，其實就是在給予未來的他們自己理解與支持！

# ◗7

　　造物主慷慨贈予我們生命不同階段各異的禮物，就如羅馬政治家西塞羅（Marcus Tullius Cicero）所說：「童年的稚弱、青年的激情、中年的穩健、老年的睿智，都有某種自然優勢。」雖然我們可能會貪婪地想留住些什麼，但很多時候它們就只會出現在某個特定時期，過了，就被其他特質取代了。

　　不過，就像四季更迭一樣，每個季節的景色都有其獨特而珍貴的美，無從比較，但能被細細欣賞並予人不同的體會，不同的優勢也都該被善加運用。

　　我很珍惜，也很享受現階段的自己所展現出的自由、穩定與餘裕，或許還保有相當的熱情——因為擁有了主動選擇的權利，而不是只能被動地被選擇，這恐怕不是二十

年前的我敢想像的，也不一定是二十年後的我，還能確保
仍會擁有的。

接下來的路該如何呢？只能不眷戀、不回頭、不害怕
失去地向前邁進，並相信在未來的路上，還有很多「寶」
可以撿！（當然，也還有很多智慧需要累積。）

我從哪裡來？要往哪裡去？
眼前的步道跟著走就是最好的選擇嗎？
（林依晨拍攝）

## ◖ 8

　　死亡，直觀地看和感受這個詞，湧現的常是終止、腐朽、黑灰色、極度安靜、了無生氣、喪失一切、毫無機會……跟希望完全沾不上邊的形容，讓人害怕，也讓人絕望。

　　但仔細想想，若非生命的長度有其限制，若非無論有無名利權勢，再善良、再邪惡的人都難逃一死，我們恐怕無法享有這最後一道防線的平等，也無法學會珍惜所有，更不可能真正習得敬畏生命這門課。

　　英國哲學家羅素（Bertrand Russell）說：「如果我們不害怕死亡，永生的思想便絕對不會產生。」正因為「死亡」這一道巨大的坎，就這麼橫跨在可想像的幾十年後（或更短），我們害怕，也不禁開始思考自己存在的意義，

並思索我們與其他生命及這世界的關係，期望在未知的期限內理解這一切——幸運一點的，也能放下這一切。

但或許免不了，我們會迫切地想留下些什麼，以證明自己來過這世界——有些人選擇留下房產（房貸好像也可以），有些人留下新的一代，還有些人留下傳世的思想和言論，但也有些人選擇留下的，是太多的遺憾與傷害。

你想留下的，是什麼呢？

# ●9

《聖經》說:「敗壞之先,人心驕傲;尊榮以前,必有謙卑。」(箴言18：12)

很久以前就被這段話深深打動,也陸續見識了許多例子的親身驗證。

無論在哪個行業、何種領域,一個人的成就往往是許多人幫忙或犧牲的結果累積起來的,很多人不明白這一點,或是不願承認這一點,到達成功的彼端後便忘了感恩、不再自省,驕傲讓他只看得見自己,再也看不到別人。

這就是衰敗的開始。

相對地,若能抵達成功,並將尊榮一路延續的,必定

是謙卑而能飲水思源者。

　　無論人生最終結算時，我們擁有多少成功與失敗，都將被時間之流淹沒、了無痕跡，但溫潤謙遜或倨傲鮮腆待人的漣漪效應，卻能延續得比我們想像中更加長遠。

## 10

人生在世，難免會有幾次被欺騙、被打破承諾的經驗，無論原本關係的親疏遠近，之後通常再也不相往來，一方肯定難受，另一方卻不見得。

尼采說過：「我會感到難過，並不是因為你欺騙我，而是因為我再也不能相信你了。」背棄諾言者以為失去的，不過是權衡之下，可以犧牲的一段關係，但對方難過的可能不是失去錢財或情誼，而是失去了對你的信任，甚至是對下一個人、對這世界的信任，這樣的傷害與悲哀，早已超越因欺騙而取得或失去的任何東西。

物質、錢財可以再累積，情感也有可能再重建，唯獨信任，是失去了就再也沒有辦法全數恢復的。

# ＃自由，快樂

我們若知足了，
也就自由了，
自然，也就快樂了。

# ◗1

親愛的阿鳳婆婆：

　　最近去探望您，總覺得您的眼神有些空洞無神，好久沒看見它們閃耀著期待興奮的光彩了⋯⋯

　　因為幾年前不太成功的脊椎手術，也因為您已高齡九十，舉步維艱，所以乾脆少出門成了您的生活常態。原本設計菜色、做飯給兒孫們吃是您最首要的生活重心，如今只能下指導棋讓印傭執行，想必缺少了很多成就感吧⋯⋯

　　子子孫孫大家都想盡辦法要帶您出門，或鼓勵您嘗試培養一些新的愛好、交些新朋友，您卻總是興致缺缺、提不起勁的樣子⋯⋯曾問過您的兒女您年輕時有什麼特別樂

於從事的興趣或愛好，得到的回答卻令我心酸又心疼——以前那個貧苦又有戰爭的年代，哪裡會有機會讓您培養自己的興趣？養活自己和小孩都是問題了，衍生出的技能如縫紉、做菜、做家務也都是為了照顧家裡而不得不練就的，不能算是興趣。

於是，除了盡可能抽空陪您吃飯，大家也只能半推半就地讓韓劇、歌唱節目和喧囂的新聞頻道，陪伴您度過絕大多數的時光……

家裡年輕一輩大多都有環保的概念，會有意識地少用或重覆使用塑膠袋，但可能對於長年征戰廚房的您來說，塑膠袋又便宜又輕便，隨心所欲地使用它們分裝食物、用過即丟是最方便的事了，晚輩們婉言勸過您幾次，卻被

您以「我沒剩幾年好活了，用不了你們多少個塑膠袋」回堵……哎呀呀！那可真不是錢的問題，而是您想留給疼愛的子孫後輩們什麼樣環境的問題啊！

希望您明白，依晨並不是要苛責您什麼，也許，我只是不願認同媽媽所說的：「老人家年紀這麼大了，不要要求也不要期望她會改變。」而這，正是我最害怕成為的樣子——因為有了年紀而拒絕嘗試新事物、拒絕改變舊習慣，甚至，拒絕以一種遊戲的姿態，繼續主動追求人生的樂趣……

唉！這終究是一封不會寄出的信，我是否也缺少了嘗試的勇氣、冒險的精神？

# ◖2

以前的我就是太努力了 !!

　　只懂得埋頭工作、鑽研劇本,多年後回頭看,錯過了好多人和好多景色,再有機會回到某些曾經取景過的民宿和餐廳,或遇到曾經合作過的對象,都要對方主動提起我才想起來:「啊!對耶!我曾經在這裡拍過戲呢!」「我好像真的跟他／她合作過耶……(努力調閱歷史檔案中)」更別說有沒有記得細節了……

　　當然,演員不可能記得所有拍攝過的場景和遇到的所有人,但若當時能稍微懂得勞逸結合、張弛有度地工作與生活,或許回憶中會有更多有趣的、充滿溫度的場景和臉孔留下。

　　不過，若沒有經過這麼悶頭努力衝刺的階段，也不會有現在的我了，凡事都是一體兩面的，失與得也永遠是相對的，這邊多得了一些，那邊自然就得少拿一點，其實也沒什麼好遺憾的。

　　不過，以前的我很絕對，也算極端，但凡事太盡，緣分就容易盡，也容易沒有空間，讓其他可能的事發生，包括創意，包括靈感，有時，也包含「快樂」呢。

3

人最自由的莫過於心念與想法，腦海中奔馳的想像力再天馬行空、再不合邏輯道理，甚至超越道德邊界，都是創意的來源，也是自由意志的展現，不應該被限制，也限制不了。

不過，放在腦子裡面和成為實際行動是全然不同的兩碼子事。德國詩人歌德（Johann Wolfgang von Goethe）曾說：「所有罪惡的念頭我都有過，我只是沒去做。」我們可以讓幻想無盡延伸，任由它發展成各種樣態，但那是在我們給予它的自由內心世界中，所以能確保它們、我們和他人都是安全的。

一旦落實為實際行動，那就代表著與真實世界的互動與連結，並影響著真實的人們。

　　因此，我們或許可以思考一下這其中的差異──將那些翻滾於我們的小宇宙中，或許被視為扭曲、詭譎、罪惡、狂暴甚至變態的想法，轉變為藝術的形式，如音樂、繪畫、雕塑、舞蹈、劇目，而非單純情緒、行為上的失控和失序？

　　如此一來，帶給現實世界人們的衝擊，就是靈魂上的觸動與震撼，而非肉體、人心上的傷害了。

　　想法可以有無限擴張生長的自由，無須被禁錮，但我們應當要能將其適當轉化，有所選擇、有所原則地行事，否則人類不就與獸類毫無分別？

# ◖4

　　法國哲學家沙特（Jean-Paul Sartre）曾說：「自由就是離開的能力，自由的極致，就是可以隨時離開任何不喜歡的人和事。」

　　我想，這樣的選擇權是許多人夢寐以求的，但不必然需要雄厚的財力與權力做支撐，而是了然於心的價值判斷。

　　我們可以擁有強烈的共情能力，同時，也可以不被任何情緒綁架、不受他人觀點的束縛。

　　人生那麼短暫又那麼漫長，沒必要也不應該浪費時間糾結在不認同的人事物上，選擇轉身離開，很多時候不見得只是表面上一方的決絕與解脫，長遠來看，或許雙方都能覓得更好的未來、擁有更多可能性。

5

　　《法國國民公會宣言》中有句名言：「一個公民的自由，是以另一個公民的自由為界限的。」當社會上人人心裡都存有這樣的共識，自由才能被所有人共同擁有。

　　以不侵犯他人的自由為原則，才能同時保有自己的自由。也就是說，為了享有自由，我們反而不能肆無忌憚地濫用它，而更應控制自己、尊重他人。若大家都有意識地克制自己、有所節度，或許絕大多數時候根本不必動用法律來管理眾人了。

　　這也是另一個彰顯「同理心」有多重要的例子，己所不欲，勿施於人。很難做到？那就試試戲劇裡常見的magic "if" 吧——「假如」是我，我會希望被這樣對待嗎？

**6**

　美國作家艾立克・賀佛（Eric Hoffer）說：「追求快樂是不快樂的一大根源。」這的確是個弔詭的事實。

　就是因為有所求了，內心就會產生類似「缺憾」的想法，但其實在那之前，我們還是活得好好的呀！

　當然，得到嚮往已久的財富、地位、愛人……，是無與倫比的快樂和成就感，但在那之前的大多數時光是求之不得的痛苦迷茫居多吧？況且，若因為渴求沒有的東西，反而失去了我們原本擁有的，例如健康、家人、自我的尊嚴，豈不犯傻？

　人生當然有追求快樂的權利，也有追求進步的需求，但要看清楚自己是否落入了「想要大於需要太多」的無盡

欲望深淵。

　　如果沒有新升起的想望，在已滿足的欲望與醞釀中的欲望之間的空隙，就可能延展為一個較大的空間，幸福、快樂的感受也會更長久。

　　我們若知足了，也就自由了，自然，也就快樂了。

# ◐7

有些人認為，興趣只能在閒暇時間進行時，你會更加珍惜；若是讓興趣延伸到工作上，原本的熱情恐怕會逐漸被消磨殆盡。

我剛好是另一派人。

二十年來對於戲劇的感受更全面而深刻了，也開始嘗試從不同的部門切入。相較於演員，監製、製片、編劇的專業各需負責、擅長什麼？愈鑽研就愈敬畏，對這行的熱情也絲毫沒有遞減，反而穩定地加溫，還拾得了更實在而多元的快樂。

我想，是因為擴展了這些興趣，讓我連結到許多和我擁有同樣甚至更多熱情且專業的人們，彼此互相激勵成長

了吧！

　　當然，這行和其他行業一樣，也存在很多困難與弊病，也有不少徇私作惡者，要說他們真的因為傷害、侵占了別人的利益而快樂嗎？倒也不見得。有人說：「自私怯懦的人常不快樂，因為他們即使保護了自己的利益和安全，卻保護不了自己的品格和自信。」唉！磊落行事而得的快樂才是持久而無副作用的吧。

　　願你我共勉之！

8

人權領袖、諾貝爾和平獎得主馬丁‧路德‧金恩二世（Martin Luther King, Jr.）的〈我有一個夢〉演說，早已廣為人知：「我有一個夢，有一天，我四名年幼子女所生活的國家，將不以他們的膚色，而是以他們的人格內涵，來衡量他們。」

我也有一個夢，有一天，這片我摯愛的土地上，無論是本省人、外省人、芋仔番薯、客家族群、原住民、新住民以及他們的後代，將不以他們的祖籍出處，而是以他們的人格內涵、是否真心愛這塊土地，來衡量他們。

目前的人口組成，每一族群都占有一定比例，他們的孩子們，也都將成為這座島上的一分子，即使有人膚色、輪廓較深，但很多從出生就是「在地人」，接受這裡的教

育和所有文化洗禮，我們怎能將他們當「外地人」看待？甚至忍心歧視他們？親手阻礙他們的文化認同？

只有當我們真的把他們都當「自己人」看待，拿掉所有不必要的有色眼鏡和標籤，並理解彼此都有傷口和缺陷，也有各自的需求與夢想，互助互信、為對方著想，這片土地才能順利地廣納百川，也才有真正和諧安樂、團結同心的一天。

**9**

愈大的自由就意謂著愈多的責任，偏偏「責任」這個字眼在多數人眼中是沉重的負擔。

雖然初嘗大學生活已是二十年前的事，但那種初次被放飛、興奮又緊張的激動感受，仍記憶猶新。畢竟在那之前，課表都是被安排好的，社團或課外活動的選擇也很有限，更別談感情生活或打工行程了，幾乎全被補習取代。

上了大學，課自己排，助學貸款自己背，第一部戲也開拍了，不願聽從導演製片的建議休學之同時，還一頭栽進了一場期待許久的戀情……

我盼望已久的自由，必須以扛得起相對的責任來交換，這是天經地義的。當兩者確實能相等地置換時，那種

成就感、喜悅與心安是無法被替代的。

　　離開校園後，外頭是更寬廣自由的世界，當然，也意味著更多的責任。不過在我眼中，它們長得比較像「快樂」，因為──「快樂」＝「自由」＝「責任」＝「成就感」＝「快樂」啊！

# ◗ 10

約翰・藍儂（John Lennon）曾說：「老師問我長大想做什麼，我說：『快樂的人。』老師說我不懂問題，我告訴老師，是他不懂人生。」

或許在孩子們眼中，太多大人是不快樂的吧！對於未來的想像，似乎不應僅局限於職業、身分上的選擇與定位。通透如孩子們，才了解「快樂」才是人生中最美好而終極的追求，而「分享快樂」，則能帶來最大的收穫與滿足，並讓喜悅生長蔓延。

畢竟，快樂似乎是少數愈分享，卻會愈變愈多的東西，不是嗎？若是如此，何樂而不為？

# 自我，他人

其實所有種類的關係都是一面鏡子，
都只是誠實反映
「我們怎麼看待自己」。

# ● 1

　　若一位女性難以懷孕或流產、難產,或無法哺餵母奶,甚至產後憂鬱,你/妳的第一個想法會是:「我打算要孩子之前就讀遍所有相關書籍,也非常注重營養均衡、適量運動和胎教,所以順利懷上了,也生得很順利,她一定是沒有做到這些。」(女人何苦為難女人!)

　　還是:「生孩子是女人的天職,我又幫不上忙,就叫她辭掉工作好好養胎了啊!」(身為神/豬隊友的你,能幫的忙其實有很多!)

　　還是:「哎喲,真嬌氣!這麼年輕身子骨還這麼弱,我們那個年代的女人就沒有這樣的問題,還不是工作、家務照做,還得帶大一點的孩子呢!」(每個人的體質不盡相同,真的不是年輕就不會有任何問題……)

還是：「她一定是上輩子做了什麼缺德事，才會遭受到這樣的報應。」（那可以請你留點口德嗎?! ⋯⋯）

生命的形成看似容易，其實過程中有太多關卡要經歷，非局中人不一定能明白箇中難處，卻能給予更多空間與尊重。

話說回來，女人好像非得拿掉身為「妻子」的「標籤」，甚至還需刪除「生孩子」的「功能」選項，她自己的「個體形象」才會慢慢顯露出來，而不僅僅只是能操持家務、傳宗接代的雌性家庭成員而已。

不過，若她做了不婚不生這樣的決定，又會遭受多少歧視、刁難與攻訐？

2

一直覺得很困惑。

華人世界對於外觀，好像普遍存在著「崇幼」、「仇老」的心態。似乎外表愈「凍齡」、呈現低於實際年齡愈多歲，就是勝利者，就是值得欽羨的。

而這種苛刻的標準在女性身上又更為常見。

「敗犬」、「剩女」、「恐龍妹」、「飛機場」、「花瓶」、「香爐」、「老處女」、「殘花敗柳」、「年老色衰」……女性不是年齡、外表或身材被歧視，就是在性生活方面被多重標準放大檢視，怎麼樣都合不了格。

但男性在這些方面卻似乎較被寬容對待，擁有較多像

是「熟男魅力」、「情場老手」、「溫柔大叔」、「沉穩可靠」、「黃金單身漢」、「鑽石王老五」……這類相對溫和,甚或淺誇暗褒的形容詞。

這是怎麼回事?怎麼女人無論是做自己還是仿效他人,都是錯誤?難道我們身邊所有大齡未婚的女性恩師長輩親友們都要如此被審度著、評判著嗎?

相較於千年、百年之前,女性的地位的確已不可同日而語,但離真正的兩性平等平權又似乎還有一大段距離……

對於那些隱含的惡意或偏頗的標準,無論我們的性別或年齡,都別視這一切為理所當然,也不必心灰意冷,只

要確認並意識到──我們是在慢慢促成良性改變的隊伍之中就好。

3

總是有那麼一群人，女性在他們眼中，從來沒有智性、靈性、個性、獨立性的分別，而是一副副環肥燕瘦，代表著「性」的女性軀體，有可能讓他們伺機而動，而不必考慮意願、感情、責任這些方面。

因此，在我心底一直都存在著一個狂想──如果在這世界上，每次的性行為發生後，無論採取何種避孕措施，男女受孕的機率相同，也都有能夠懷孕生子的生理構造，這世界上非自願的強暴行為是不是就能大幅降低？是否也會有效減少現今人口爆炸、家庭暴力、出軌外遇或職場性騷擾及性別歧視等問題了？

當男性、女性都得承擔因懷孕生產、哺餵母乳或墮胎等，原本只有女性獨自面對的種種身心變化與不適，以及

各類風險與考量，或許更能同等地領悟（到）生命／家庭形成的不易與奧妙，而更珍惜之？也能更普遍地感受到職場甚至更多場所／法令的差別待遇，而修正之？

不，如果一開始就是這樣的狀態，兩性都得面對同樣艱辛的處境和考驗，應該也就不會有這些不平等存在了⋯⋯

當然，我不是造物主，不可能決定或改變這些所謂「神聖的設定」，我是人類的一分子，是一個女人，也是一個演員，我所能做的、能盡的責任，或許就是好好運用自己的觀察力、感受力和詮釋能力，透過戲劇、透過角色，讓所有族群都能同理並且尊重不同群體的人。

# 4

美國當代精神醫學大師歐文・亞隆（Irvin Yalom）曾說：「你與自己內在連結的方式，正是你與他人連結的方式。」

這是個一旦理解以後會覺得無比驚悚的真理。

要能與另外一個人產生深度交流、擁有良好、穩定的關係，人必須先能跟自己擁有相同深層而穩定的連結。簡單來說，能處理好與「他人」關係的前提，是能處理好與「自己」的關係。

工作上遇過一些人，他們總是無法和他人處得來，甚至老是衝突不斷，仔細觀察，會發現他們不論是外顯的狂妄自傲或是內藏的怯懦自卑，都和自我的連結呈現斷裂、

不協調的狀態，不是否定，就是認知不一致，連帶地也影響到他們與他人的交往互動。

　　所以我們看到人與人之間交往的狀態，其實是他與自己相處的狀態，能自適者通常能他適，不能自適就算能他適，也是用非真我的一面與他人來往，不會長久，或者，也得不到真正的快樂。

5

　　一部成功的戲劇作品，眾人的目光和讚揚很容易落在導演和主要演員身上，但在攝影機前表演或宣傳時能被看到的這些人，若沒有幕後數十甚至數百倍的工作人員們，共同以各自的專業付出與支撐，是不會有任何成品誕生的。

　　曾看過一些耍大牌的演員，無視工作人員們的努力，想發脾氣就發脾氣，說不拍就不拍了，好似鋒芒畢露的刀鋒，公然嘲笑刀把的厚與鈍，卻毫無意識到若不是這些人勞心勞力，甚至蓬頭垢面、徹夜未眠地做好他們的分內職責，成為演員們最有力而厚實的後盾，那麼誰會把演員們的表演好好記錄下來？誰幫忙雕琢小至演員本身、大至整個場景、遠至後期音效、配樂、調光、修片等繁雜細節？

　　人是社會性的動物，也是需要互助的動物。一個人再

享受孤獨、再善於與自己相處，最終還是渴望與他人對話、連結、相互了解與幫助。若不明白自己再有能力，也得有他人的支持和欣賞，那不就像失去了刀把的刀鋒，只能無力地癱軟在地，毫無支點與施力點，毫無用武之地？

6

「我盡量不和兩種人來往：人生的階梯一次能上一階，卻總是只上半階者；人生的階梯只能上一階，卻老想一次上兩階以上者。」

這是一位我十分敬重的長輩所言，在人生的道路上，他樹立了無數典範，無論是照顧家人朋友、尊重前輩耆老、提攜後進新銳、樂於吸收新知、奉獻社會關懷弱勢、兢兢業業在自己的專業領域，對於我，是如師如父的存在。

因為那樣豐富的人生閱歷，他看過太多這樣的人。

第一種人做事不夠果敢，猶豫不決、缺乏信心的結果，不但自己裹足不前，還很可能摔一大跤，害得後面的人也無法前進，每每自己錯失大好時機，還要怨懟別人不

拉他一把。

　　第二種人相對顯得貿然躁進，實力不足又好高騖遠的結果，同樣會被現實絆倒，甚至跌倒後還會責怪周圍的人沒有推他一把，或給他當墊腳石呢！

　　遇到這樣的人，我們還是敬而遠之吧！

# ●7

　常有人會在有意無意間對我說：「依晨，妳會覺得這世界上絕大多數的人事物都是美好的，是因為妳是林依晨，擁有一定的社會經濟資源，大家接近妳只有好處沒什麼壞處，自然他們會想對妳好、表現自己最好的一面給妳看，並將同樣美好的事物帶到妳面前。」

　老實說，這段話的真實性我無法完全否認，但也不認為全是事實。因為人與人之間的關係是互相的，而出發點始終是自己，或者說，可以讓局面產生變化的，一直是「我們自己」。

　我們常誤認一段關係的好與壞取決於「對方的表現」，但其實所有種類的關係都是一面鏡子，都只是誠實反映「我們怎麼看待自己」。

　　當我們對自己充滿否定、批判或不自信時,這些觀點也會在不自覺中,形成我們看待他人的角度。反之,若對自身有較多的信心、包容與安全感,這樣的信念也會直接影響我們對待他人的態度。

　　互動開始時,對方給我們的反饋,不過就是像打壁球或反射鏡中的光罷了,去什麼,就回來什麼!

8

成為我們自己，也許是所有的自由中，最重要的一種了。

十六世紀的神學家伊拉斯謨（Desiderius Erasmus）也曾說：「一個人成為他自己，那就是達到了快樂的頂點。」

最簡單，恐怕也最困難，因為我們總是被整個社會不斷提醒、洗腦著如何達到「世俗的」（他人的）成就標準，所以我們也得有意識覺知地持續抗爭，不時提醒自己應該是要達到「自我的」標準。

年屆而立不惑，或坐五望六，甚至到七老八十的時候，發現自己始終在做「自己」的路上，沒有依循「別人」成功的軌道，好像就值得欣慰了，畢竟咱們來到這個世界

上，不是為了來複製貼上他人的成就，而是來開發挖掘自己的可能性，以彩繪、豐富這個世界啊！

# 9

看待他人的「角度」，往往決定了我們與他們的相處模式。

當我們自認位於低處，而抬頭「仰望」一個人時，我們看不見對方的缺點、不安與不自信，反而加重了自己在這方面的狀態，一切都失了真，也無法自在地來往。

相反地，當我們自認位於高處，好似能「俯視」眾生，認為自己有權力改變他人的命運，而無視對方也有自己的自由意志與人生課題，就更不可能有平等互動的機會。

只有能夠平視自己、平視對方，讓彼此都擁有對等的尊嚴，真誠無隔閡的交流才有可能發生，更深層的關係也才有機會得以建立。

# ◗ 10

　　人生學堂裡的年資愈高，愈明白「愛自己」的重要性，但可不是愛「他人心中」的自己，而是全盤的、本真的自己。

　　你真的認識你自己嗎？你知道自己真正想要什麼、在乎什麼嗎？你了解自己的憎恨、愧疚、歡愉從何而來嗎？你在乎自己最深的傷痛嗎？有試著去療癒它嗎？你有好好照顧自己、讓自己有安全感嗎？

　　每個人都應該多留一點時間和空間給自己，也該試著更了解自己、更常與自我對話，若這樣會被稱為「自私」，那也是必須的。

　　王爾德（Oscar Wilde）曾說過：「自私，不是照著自

己的願望過活，而是要求別人依照他的願望過活。」所以前者一點也不自私，只是自愛，只是順應自己的心意過日子而已，先把自己照顧好了，才有餘力顧到其他。（飛機上常看到的緊急事件應變措施不都是這麼強調？「請先戴好自己的氧氣面罩，再照顧他人！」）

外頭是美好與險惡共存、希望與失望共生的所在，我們必須愛自己、善待自己，才能足夠強大到面對這樣的世界，並（能）彼此互助。

而這樣的我們，也才有機會被更多的愛與更大的快樂包圍！

Living

/

# 生活

若我們終會被所擁有的一切控制，

那也必須得是令我們「怦然心動」、

「量少質精」的存在才值得，

不是嗎？

# ◖1

　　某個午夜，我躺在床上抬腿，和另一半在FaceTime上有一搭沒一搭地聊著，他一反常態地稱讚起我來（我們平常的互動模式偏向互虧），讓我有些措手不及。

「其實妳在我心裡是非常棒的人。」

「呃，我是覺得自己某方面還是有點懶散啦⋯⋯」

「妳懶散的話沒多少人是勤奮的了，妳不是懶散，妳是貪心。」

「妳想做好的事情太多，想兼顧太多方面了，可是人的精力和時間是有限的。」

（一股氣突然升起，又倏地消去）

「⋯⋯你說的好像是對的，我好像好好去鑽研我最有

熱情、最不需要去逼迫自己完成的那幾件事就很開心、很有效率，也感覺很充實，而不是一直去拓展我認為我『應該』去接觸的領域，搞得好吃力、進度也老是落後，弄得自己灰頭土臉還否定了自己……」

確實，那些「應該」去接觸的領域也許是專業項目，也許是待培養的興趣、嗜好或人際關係，無關對錯，只是應該懂得也必須學會「取捨」。

不過，就如奧地利心理學家維克多・弗蘭克（Viktor Emil Frankl）所說：「人生是否圓滿並不取決於一個人的行動半徑有多大，而取決於他的圈子是否被填滿。」……是只有我隱隱覺得，我好像還是有點「不夠上進」嗎？

## ● 2

美國作家梭羅（Henry David Thoreau）說：「大多數人都生活在平靜的絕望中。」

或許這是一種沒有及時「發現」什麼的憾恨。

發現什麼呢？有很多可能，也許是內心的聲音、快樂的真諦、個人的使命、隱藏的天賦、人生的摯愛、生命的重點、自身熱情所在、令我們重生的信仰、真正重要的價值觀或人事物等。

愈早開始嘗試尋找，愈有機會找到，慢一些也沒關係，只是在一灘死水的生活裡多泡上幾年而已，別習以為常就好，除非你真的由衷希望如此！

3

前半生我們拚命在「累積」，不管是物質、金錢上的賺取，人脈、生命經驗的積攢，在在無非是為了「得」；但到了人生某一階段，我們卻會開始慢慢地「捨」——出於自願或者無奈。

或許因為身處這個名利紛飛的娛樂場中，一切的積累都特別快速，很早就感受到過多的資源到某個程度是會讓人喘不過氣的……這並非是擁有太多卻不知足，而是自己能與之長期共處的能力有限。

這個「之」包含了金錢、物質、名氣、影響力、人脈（＝人情）、責任等，擁有得愈多愈受其制約，因為要付出的時間、心力和代價也愈多，感受上也將愈來愈不自由。《英國心理學》期刊亦曾發布過一項關於人類學的研究結

果：社交愈頻繁，人們的生活滿意度反而愈低，因為沒有時間精力關注「自己」的生活。

十年前接觸到「斷捨離」的概念之後，慢慢將生活圈中的人事物去蕪存菁（此處定義當然只是就我個人而言，我的「蕪」可能是別人的「菁」，各取所需就好），只留下非他／她／它不可的選擇，好好地將有限的心力投注其中，細細經營打磨。

若我們終會被所擁有的一切控制，那也必須得是令我們「怦然心動」、「量少質精」的存在才值得，不是嗎？

4

身旁的人常聽見我大呼小叫、喳喳呼呼的，有時是味蕾滿足、驚豔於記憶中或未曾嘗試過的美食，有時是看見驚心動魄的懾人美景或演出，有時候，其實就只是幾隻可愛的毛孩屁顛屁顛地晃過我面前。

但我也看過對於這些或其他更多的那些，都完全沒有任何反應、感受及想法的人。

我不知道是真的沒有什麼能刺激到他們，還是他們早已見識過而不易有情緒上的波動，也或者僅僅只是「習慣了」，但外界的任何人事物對他們來說，就好似呼吸的空氣那樣理所當然而又無感。

當然不是說每個人的情緒都該如此外顯而不加遮掩，

不過當你沒有任何感覺的時候，真的就要小心了！無論如何，你應該對你「不感到驚訝」這件事感到驚訝，因為時空不斷推移，我們周圍的世界總有什麼新鮮事在發生，若我們對其視若無睹，那麼對於自己和他人的感受，也將同樣冷漠而難有同理心。

我很喜歡的一部漫畫《玻璃假面》中，有句臺詞是這麼說的：「無知無覺是罪的極致！」這個「罪」，或許不僅只是「無感」對自身和他人的傷害，更多的，或許還包括對這造物主傑作之大千世界的「無視」與錯失吧！

# 5

　　人生總在過猶不及中掙扎，年輕的時候不屑中庸之道，拚過頭或混過頭了才甘願承認平衡的重要性並開始重新學習。（我也是其中的一員啊！）

　　而現實生活中，總是有願意承擔壓力與責任的一掛人跟不願意的另一掛，偏偏成功與失敗不單看這點，很多時候先天條件的優劣勢和機運也占了很大因素，讓人莫可奈何卻又不得不接受。

　　不過，大多數人的人生總在不斷的累積與調整中得以緩慢地匍匐前進。勝敗乃兵家常事嘛，經歷得多自然也就成長得快。但過多、過快的成功，容易讓人一個不留神就沉醉於不實的自我膨脹中；而過多的失敗，則會漸漸耗蝕自我價值與志氣。這兩種情況以不同的方式噬人心志，我

們都該對此有所警覺。

　　成功與失敗不能定義我們，如何面對它們的態度才能！

# ◗ 6

說話的技巧和藝術實在是太·重·要了！

不是鼓勵我們甜言蜜語、巧言令色，而是學習如何善用能讓人欣然接受且感覺被理解、被認同的話語，將可能原本有些苦口的良藥（建言），裹上一層體貼的糖衣，一樣具療效，卻不傷人尊嚴，讓人甘之如飴地嚥下。

「我覺得你這樣穿不好看！看起來很矮肥短！」
「這件褲子把你的大長腿優勢都遮住了，或許另一件更適合？」

我想，後一種說法，會讓人心甘情願地去換穿另一條褲子。

俗話說：「幽默的人，連世界都會為他讓路。」所以……若再加上一點幽默感呢？

「不行啦！你比這件衣服帥，這樣會讓它很尷尬耶！我覺得那一件可能跟你的魅力比較勢均力敵！」

噢，這下可能變成蹦蹦跳跳又哼著歌兒地去試穿了。

化妝品女王玫琳凱・艾施（Mary Kay Ash）告訴我們：「將所有的小批評，都夾進兩大厚片的讚美三明治中。」

說者同樣的用意，不同的用語，卻讓聽者有著截然不同的感受和後續好一陣子不同的心情，那為什麼我們不多花一些心思讓彼此都開心？

## ●7

普通、平庸、平常，你會害怕被冠上這樣的字眼嗎？

家庭、學校、社會乃至媒體，幾乎都不約而同地鼓勵人們追求卓越，努力讓自己變得不平凡，但所謂「卓越」、「不平凡」的定義究竟是什麼？

其實很多時候，對同一件事情在想法、做法上做出改變，就足以讓一個人與眾不同，這其中，很大的關鍵在於「創意」，以及更寬廣的世界觀。

我們總是依循現今大眾的認同喜好，或是往日的慣例來思考、行事嗎？我們有加入自己的創意或嘗試創新嗎？我們是否勇於透過自己不同的選擇，帶領群眾看到更多關於這世界，也關於他們自己的可能性？

　　我們可以做普通人，但是要勇於嘗試做不平庸、不那麼理所當然的選擇；而若是做了這樣的選擇，我們自然也就不再平凡了。

8

　真的，沒有人是毫無缺陷、毫無汙點的，每個人都有曾犯過的錯、曾傷害過的人，也都有各自不為人知或不被理解與認同的需求，要能夠一起相處或共同生活，必然要學會放下對彼此過去、現在甚至未來的執著，並尊重對方的隱私。

　以前比較難接受「睜一隻眼，閉一隻眼」的相處方針，總覺得太消極、太沒有原則了，後來才慢慢理解，我們都不完美，但還是想一起走未來的路，所以不管是家人、朋友或另一半，只要願意包容與寬恕、互相扶持不完美的彼此，就能完美接下來的旅程。

　意識到自己並不完美，也不可能完美，才有機會平等而同理地和他人一起體會真實（即完美）的關係與生活。

## ◖9

　　另一半常鼓勵我學習「發呆」與「放空」，但我總不得要領，腦海被太多待辦事項盤據，思緒飛快跳躍，停都停不下來……短時間內要從講求「效率」的世界裡退出來、慢下來，對抗早已形成慣性的身體與思維模式，真的不容易。

　　但我們急著奔赴各個不同的目的地，「完成」而非「享受」每個行程，究竟有何意義？

　　我們總覺得生活由少數高光的時刻與大多數黯淡平凡的時刻所組成，拚命趕路要往那些閃亮的、具有標的性的目的地如大考、重要升遷考核、訂結婚生子等邁進，過程中日日夜夜的飲食、交通、睡眠、休閒以及與身邊人的互動全都快轉帶過、含混苟且而無感，看起來簡直像是有多

期待坐上特快直達車，一路直抵終點站似地……

其實，那些不被重視、繁瑣重複的日常，才是我們絕大部分的「生活」本體，也才是我們最該好好經營、體會的。

慢下來，才能體會到精髓。吃得慢一點，你才會發現媽媽或妻子在菜裡加了你最愛的烏醋；走得別太急，你才會看見想跟你打招呼，但早已走不快的老鄰居；話說得慢些，才能讓對方感受到被重視，也降低脫口而出傷人話語的可能性。給生活和身邊的人都多留些餘裕，才能感受到更多驚喜，還有「愛」。

別老是急著趕路，目的地很多時候不如路途上的風景精采，若你有慢下來看看的話就知道！

# ● 10

　　閱讀之於人們，有許多不同的感受，對我來說，那是一種同時擁抱理性與感性的沉浸式體驗，相似於戲劇，類比於旅行，都能映照真實的自我，也能照見他人的生命。

　　當我們進入書中世界，也就進入了作者所建構的世界觀，無論是理性或感性、寫實或魔幻、驚悚或浪漫，都是他們寫作當下最精煉誠懇的剖析與呈現，我們也在閱讀時與作者在意識空間中產生連結，這是多麼有趣而奇妙的事！

　　就忘我地沉醉其中吧！就迷失在那文字之河裡吧！當回到現實生活中時，我們已不是先前的我們了，我們的某個部分已在閱讀的過程中，被悄悄喚醒、轉變或更新了……

　　阿根廷作家波赫士（Jorge Luis Borges）曾說：「如果
真的有天堂，那一定是圖書館的模樣。」

　　嗯，再同意不過了。

就忘我地沉醉在讀書中吧！迷失在那文字之河裡吧！

經由閱讀時的沉浸體驗，映照出真實的自我，並照見他人的生命。

我們的某個部分已在閱讀的過程中，被悄悄喚醒、轉變或更新了。

（林于超拍攝）

Love

\#愛

我們在乎，因為愛。
因為愛，
我們付出、我們經營。

# ◗1

在電視劇《射鵰英雄傳》中,黃蓉重傷之下以為自己活不成了,要求郭靖答應在她死後:

一、 為她難過一陣子,但不允許他永遠難過。

二、 再找一個妻子,但必須是華箏,因為華箏真心愛著他。

三、 允許郭靖前來拜祭,但不能帶著華箏來,因為她畢竟還是很小氣,還是會吃醋的。

以一個十多歲的少女來說,黃蓉的感情觀算是很成熟的,二十多歲時扮演她的我,還不一定有她那麼豁達明晰。

雖然她的基本個性在「我不做我不喜歡的事!」「我保證除了我誰都不敢欺負你!」「你對誰都那麼好,顯得

我特別壞！」「我不知道什麼叫做國家安危，總之靖哥哥要的東西，我就要幫他拿到！」這類臺詞中彰顯無遺，絕對是屬於敢愛敢恨、不屑被傳統禮俗管束的女子，但遇到要和自己所愛之人大別大離的場面，卻能坦誠自己的愛意與弱點，並在顧慮對方往後人生、大器放對方自由的同時，也幽默地維護了自己的尊嚴，真真是那時代難得一見的女性自覺與自信。

不可諱言，我的感情觀很大程度受到這個可愛奇女子的影響，但要像她活得那麼瀟灑痛快，似乎也得有位像黃藥師那樣蔑視世俗成規的上一代培養，或完全不壓抑她本性的桃花島庇護才有機會？

## 2

蘇聯教育家安東‧馬卡連柯（Anton Makarenko）說：
「一切都給孩子，犧牲一切，甚至犧牲自己的幸福，這是
父母給孩子最可怕的禮物！」

應該領教過不少這樣的例子吧？

超出了基本需求之後，給予愈多的物質，孩子們愈無
法好好地了解每樣東西的來由、所需付出的代價，以及應
該感激、珍惜的態度。

而什麼都給了，卻將生活中的困難一把扛起，不讓孩
子品嘗、體驗，形塑了一個個無法有同理心，以後甚至無
法接受失敗的小小靈魂，這能歸咎於誰？

　　雖然佛洛伊德（Sigmund Freud）認為，擁有（母）愛於一身的孩子，就足以確信自己的人生會繼續成功，但這裡的「愛」絕不是「溺愛」。正如蘇聯教育家蘇霍姆林斯基（Vasilii Aleksandrovich Sukhomlinskii）所說：「必須讓孩子知道，生活裡有一個困難的字眼。」現在幫親愛的孩子們遮掩住多少生活中的困難，其實也就剝奪了多少往後他們面對挫折的能力。

　　而我們都知道，輸不起，有多可怕……

　　往孩子的內心觀照吧！他們需要的其實很簡單，有品質的陪伴、耐心、包容、肯定、鼓勵、適時適當的導引，以及和大自然連結的機會，這些都不是金錢或物質可以比擬的，發揮的功效卻大得多了。（這似乎也驗證了：生活

中最好的東西都是免費的，第二好的則非常昂貴。）

我們絕大多數人是無法陪伴孩子度過他們的一生的，還不如培養他們正確的世界觀、善良正直的人格、一身本領與好習慣，以及強大的自癒再生能力！

3

　　拍攝《惡作劇之吻》的時候，飾演湘琴的我，被直樹嫌惡地冷眼對待近二十集，已經習慣得不到他的關注，也漸漸相信自己真的不值得被他所愛，那是一種心慢慢疲憊、蒙灰的感覺。

　　所以我一直在思考，後來聽到直樹告白的湘琴，心中除了感動，應該還有十二萬分的震撼吧?! 她或許一時之間也還不能完全理解，「開始有了真正的自己」對直樹來說，有多麼意義重大。

　　對他而言，除了開始有些未曾有過的情緒體驗（嫉妒、焦慮、迷惘、恐懼），也拓寬了對世界和對自己未來的想像，這跟以前活在家人、外界期許中，對自己人生沒有任何熱情的他大不相同，他開始有了真正的「自己」。

　　但「開始有了真正的自己」和「在誰面前能做真正的自己」有些許的不同，當這兩者因為某人而完美疊合時，他／她的重要性也就不言可喻了。

　　美國電影《噩夢輓歌》中也藏著這段經典臺詞：「我愛你，因為你讓我感覺像個人。像是我自己，而且美麗。」

　　在認定的另一半面前，我們能做真實的自己，能誠實展現自己的七情六欲，也有那種，他們會包容我們所有任性、不安與不堪的安全感。而且，即使是那樣的我們，他們也覺得是美麗的……

　　或許，我們一直在尋找的，不只是那樣的人，還有他們眼中，真實而美麗的，我們自己。

# 4

《我可能不會愛你》殺青的同時，我也正好結束了一段感情，現在回想起來，不知是否為老天的安排。在拍戲的五個多月裡，劇本不斷帶領著我去思考「愛」、「婚姻」與「自我」的真義，甚至可以說，是這段旅程促成了分手的決定。

我其實一直都在思考踏入「婚姻」的必要性。

在劇中，程媽跟又青強調過，結婚之前不是讓她想清楚有多愛這個人，而是要想清楚和他以後的「日子」會長成什麼樣子。程又青說：「我不要那種除了我愛你，請給我一杯水，之外就無話可說的人陪我走一輩子。」但那時候，我腦子裡出現的畫面，並沒有很清晰、明朗的快樂存在。

　　雖然我不算是個多話的人，但也絕不是個疏懶於溝通的人，熱戀期過後就是「過日子」了，怎麼藉由有效、有趣的溝通，創造共同的話題與目標，讓生活始終有滋有味有方向，是我非常在意的。

　　而相愛也是一種自我揭露的過程，當我們願意向對方坦露自己的缺陷、那些不為人知的陰暗面，不同於其他關係的信任感才能開始建立。

　　那時候就覺得不對勁了吧。

　　還好，最終還是讓我遇到了我的李大仁～感謝天公伯！

5

加拿大詩人露比・考兒（Rupi Kaur）說：「你怎麼愛你自己，就是在教別人怎麼愛你。」

這個道理我近幾年才悟得。

以前是一味地付出，卻忽略了付出與收穫的平衡，讓身心的負荷和不平漸漸累積，這樣不重視自己的感受，往往讓某些人也不重視我們的感受，甚至得不到最基本的尊重，認為一切都是理所當然的。

我們以為先愛自己是自私的，但其實自愛與自私完全不同。

就像心理學家弗洛姆（Erich Fromm）在《愛的藝術》

中所述，自私的人，並非太愛自己，相反地，他們是不愛自己，甚至敵視自己。也因為他們不愛自己，心中覺得匱乏，才需要從別人那裡索取，而給人自私的感受。

相反地，能好好愛自己的人，因為擁有充分的自我認知與認同，不虞匱乏，所以更願意給予、分享愛給他人，能自愛，而後能愛人。

別人若看到我們自尊、自愛、自重，自然也不會以輕視、馬虎的態度與我們相處，可以說，我們怎麼對待我們自己，就是在示範給他人看，該怎麼對待我們。

而這點在「愛」中，同樣適用，你若珍愛自己，自也能讓人珍而重之、惜而愛之。

6

出生時，我們被家人們無條件地愛著，之後慢慢長大，有了自己的同學／朋友圈、情感關係，並可能隸屬於一個以上的工作團隊，將來也許會加入、成立另一個家庭，而這當中，說不定還會穿插幾段與陌生人的緣分……

在這趟旅程中，我們會體驗各種形式的「愛」，心中或許自有其重要性的排序，也必將主動或被動地經歷它的消亡，但無論是親情、友誼、愛意、他人的崇拜喜愛之情、寵物的服從忠誠之愛，甚至是陌生人的感激之情，無一不是需要付出或耐心經營的。

也許，和親密的家人們相處永遠是大修行，因為「家」是最不需要掩飾自己情緒的地方，也可能是累積最多愛／最大傷害的來源，我們總容易突然湧上千軍萬馬的是非對

錯恩怨情仇；但能不能試著境來便掃，掃即放過？

　　也許，我們喜歡時時刻刻被朋友圍繞的感覺；也許，我們崇尚君子之交淡如水。無論是何種交友風格，試著選擇幾位朋友深交吧，畢竟友情的存摺可是愈老愈重要！

　　也許，職場上的利害衝突讓我們難以和同事建立較穩固深層的關係，但在他們消極喪志之時給予真誠的關懷鼓勵，並不是太困難吧？

　　就算是素昧平生的陌生人，一次舉手之勞的善意也可能讓他們的一天截然不同，甚至改變他們的一生。別說這沒有可能！

　　莎翁曾言：「對眾人都應當一視同仁，對少數人推心置腹，對任何人都不要虧負。」我想，以這樣的大原則處世，應當能在不造成自己過大壓力的前提下，也能擁有愛的相伴，到生命的最後一刻吧。

　　我們在乎，因為愛。因為愛，我們付出、我們經營。

# ◗7

最初看到敏思（Douglas C. Means）所言：「生命的價值並非以時間或金錢計算，而是以一輩子付出和獲得的愛來衡量。」時，恍如被當頭棒喝，也在那個當下確立了這樣的檢視準則，知道自己將不再輕易感到匱乏，因為獲得的愛已足夠，而能付出的愛是無止盡的。

對人類而言，「愛」是非常重要的，所有的追尋皆是以「愛」為基礎或目標。親子家人間的愛、男女間的愛、友人間的愛、對世人萬物的愛……沒有愛就無法生存，也失去了努力的意義。

曾對電影《象人》中那個悲情的主角所言不勝唏噓：「我的人生圓滿了，因為我知道有人愛我。」

　　是啊！人生最後的時刻，會在腦海中快速閃現的，不是自己曾經擁有多少成就或名利，享受過多少美食豪宅跑車，到達過多高的權力巔峰，而是曾經愛過誰，以及被誰愛過的回憶呀⋯⋯

## ◖8

　或許在傳統的家庭裡，我們太習慣看到女性操持家務、奔東忙西的，也太習慣看到男性當甩手掌櫃，或是想幫忙卻被（誰？）勸退而無從著手。

　但如今，早已慢慢轉變成不必然是男主外女主內的社會，雙薪家庭所在多有，男主內女主外的組合也漸漸不少見了，那家事的歸屬呢？

　進入婚姻、成立或加入一個家庭，本質上都是形成一個互助的關係，互相扶持，也分享彼此的快樂與利益、分擔對方的憂傷與負荷，這當中怎麼會不包含家事？

　暫且就不談女性在職場上始終同工不同酬的情況了，她們在家中操勞所有家務也從來不會被量化感謝，甚至還

被視為理所當然，但其合理性卻完全禁不起仔細估量——煮飯、清潔、生兒、育女，有時還加上會計、伺候照料老人家……這幾樣活兒單拎出來徵人，可都是累人又得給薪的專業服務，但若是自己人就可以要求她二十四小時待命又任勞任怨無償付出了？

美國當代女性主義學者亞卓安・芮曲（Adrienne Cecile Rich）曾說：「一個母親的過度犧牲不僅羞辱了她自己，也羞辱了她的女兒，因為女兒會在母親身上目睹，作為一個女人應該是什麼樣的。」

家事，應該是全家人一起做的事。

在家庭裡，每個人都應該為這個家努力、積極參與其

中，無論是金錢、體力、心思的付出，都值得被嘉許，也應該被感謝與尊重。無論當今女性是否能為家庭貢獻一份薪資所得、分攤家用開銷，同住一個屋簷下的家中成員們實在都應盡點心力，為她們分擔些家務。量力而為就好，重點是抱持著那份體諒、感恩的心意，重點是我們是「一家人」，而幫忙做家事，是最直接表達「愛」與支持的方式。

在我們的成長過程中，常被要求有勇又有謀、堅強又自信，逼得很多人不得不學習武裝自己，讓自己看起來強大、冷漠而不可侵犯。

但這不是真正的成長。

真正的強大並非是剛硬冰冷的，而是往柔軟、溫暖的質地靠近，就像真正的強者不會以武力去欺壓弱者，反而會用這樣的力量去保護他們、善待他們。

那樣的溫柔，不僅僅限於對所愛的人們，還包括動植物與大自然、與我們對峙的立場、我們還不理解的人事物，以及可能傷害我們的未知。

　　當我們能夠以那樣的溫柔去面對全世界，它將發揮比剛猛更強大深遠的力量和影響。

# ◗ 10

我的前半生，很熱烈地愛過幾個人。

每一段感情，都讓我更清楚自己的模樣，以及最需要、最無法割捨妥協的是什麼。

有的人相遇在雙方都還很年輕的時候，對方不能理解我剛投身戲劇的熱誠，當時的我也還理不清自己和角色的界線，所以兩人好不容易牽起的手就這樣放開了。

有的，是彼此好似情投意合、心靈相通，但錯誤的時機點讓兩個人一再錯過，於是帶著對彼此的遺憾與不捨，就那麼走散了……

也有的，初期愛得**轟轟**烈烈，以為對方真心愛妳所

愛、苦妳所苦，沒想到其不經意的一句：「你們演員都是
在演一些風花雪月。」心裡有塊地方就那樣無聲地碎裂崩
塌了。

　　還好，時光雖然殘忍但也溫柔，強迫我們離開當下
的同時，也輕輕靜靜地揭露了那些事實——正因為是「回
憶」，畫面才會像鑲了金邊一樣閃亮而無瑕。但轉化為現
實並不一定如此，有些人，真的最好再也互不打擾、各自
安好……

　　要相信，一切都是最好的安排。

　　後來的我才看清楚，自己需要的是「勢均力敵」的愛
情，對於欲望和尊嚴的平衡、現實和理想的折衷，渴望立

場被認同亦期待立場被消融的矛盾，都能被滿足。

　　那才是最適合我的愛情模樣！

Truth

# 真實

當我慢慢成為他人眼中乖巧的模樣、完美的形象，
卻覺得愈來愈陌生，
那不是我，
至少不是全部的我，
那是在公眾或工作場合，
為了不讓大家為難或擔心、
讓大家順利好做事的結果……

# ◗1

「她真的很乖！」

聽來怎麼樣都（不）合情合理又合宜，或許應該說，這樣的評價符合了傳統價值觀期待的「好女孩」形象，但年齡愈增長，卻愈讓人覺得渾身不對勁。

當我慢慢成為他人眼中乖巧的模樣、完美的形象，卻覺得愈來愈陌生，那不是我，至少不是全部的我，那是在公眾或工作場合，為了不讓大家為難或擔心、讓大家順利好做事的結果……（畢竟「禮儀」存在的意義，不是讓自己看起來有教養，而是為了讓他人舒適自在、感覺被尊重和在乎。）

而當這種將自身縮小以成就他人的狀態，開始重疊到

自己生命中的重要認同與需求時，我意識到自己是無法妥協退讓的。之於我，是與生俱來的「本質」，是可以「選擇」的權利，是創作上的「自由」。

如果我是女同志呢？如果我是新住民第二代呢？如果我的臉孔或身體有殘缺印記，或體重過重過輕呢？如果我並沒有剛好選擇結婚生子的尋常人生路徑呢？如果，我因為法令規定，無法真誠熱情地探索、創作一些較具爭議性或邊緣的題材呢？

我要奮力和多少世俗陳規對抗？又能得到多少理解、支持與尊重？

當年過三十，甚至四十將至，終於切身感受到社會對

我這個年紀的「理想女性形象」之期待與界定，有多麼沉重，同時又難以撼動時，我開始思考：

什麼是女性「應有的外貌身形」？什麼是女性「該有的個性特質」？為什麼我該從事「適合女性的運動、嗜好」？為什麼我該投身「適合女性的活動、職業」？(是「職業」，別想「事業」了，然後找到好的另一半比找到好工作重要。)

究竟「好」的定義是什麼？「好女人」的定義又是什麼？

首先，或許該先拿掉「性別」對我們思維的限制。畢竟良善、熱情、堅韌、同理心、想像力、意志力、組織能

力、溝通能力、美感素養、人文底蘊等與生俱來或後天培養的特質，只要沒有遭受到人為壓抑，從來都不會因「性別」這個因素而有所弱化或差異。

而「乖」真不一定等於「好」，它只是「服從」的另一個別義詞，還掩蓋了必須犧牲自主性與原創能力的事實。

「乖」與「不乖」的差別或許是，最終若落入失敗或不幸，會是埋怨歸咎他人或心甘情願承受，以及，若成功或得到幸福了，是否會「發自內心深處地欣喜若狂」吧。

人生無論怎麼樣都是要付出代價的，不然呢？

如果「乖」意謂著成為別人眼中的自己，
那麼我真的很想「不乖」！
有點叛逆，帶點俏皮，非常真實──
那就是我，那又怎樣？（黃明珊女士拍攝）

## ◖2

「從此，王子與公主過著幸福快樂的日子。」你相信他們會從此過著幸福快樂的日子嗎？這可真不好說。

姑且不論她擁有公主的品味、眼界和教養的同時，是否也附帶了公主的脾氣、心眼和習性，但貴族／豪門婚姻本是生活與事業的結合，和重靈性與激情的愛情迥異。

公主美麗的容貌與細緻的肌膚或許能引起激情，其養成所需的優渥環境與富強國力，或許才是王子與國王、皇后的最大考量！婚姻生活中惱人的日常生活磨合與靈性的契合與否？再說吧。

Oops，我是不是太尖銳了？

## ◐3

真實是什麼？

電影《無問西東》告訴我們，真實就是「你看到什麼，聽到什麼，做什麼，和誰在一起，有一種從心靈深處滿溢出來的，不懊悔也不羞恥的，平和與喜悅」。

我想，這不僅僅是「真實」，而且還是「真實的幸福」，因為太不容易。

不懊悔，代表全力以赴過，或做了當下最想做的決定了，所以沒有遺憾；不羞恥，代表沒做會愧對良心的事，而且我們騙得了別人騙不了自己，所以沒得隱瞞。

能做到的人少之又少吧?!

　　我們每個人的心裡，或多或少都隱藏著某些懊悔與羞恥之事，那或許才是生命的真實樣態，內心的惶惑與不寧靜，也都是真實的啊！

## ◖4

王爾德說：「只有膚淺的人才不以貌取人。」

乍看之下這句話好像寫錯了，細思之下還真不無道理。

的確，以貌取人其實並不膚淺，因為一個人如何對待、管理自己，從其外在狀態就能窺知一二。

一個人的儀表，說白了就是他／她無形的名片。

我們若能好好打理自己的外在，就是對自己有一定要求的人，也是對禮儀（他人）有基本尊重的人。如果一個人皮膚狀態良好、體態適中且精神奕奕，我們甚至可以推斷他／她有不錯的營養知識、自律的習性或固定運動的習慣。

　　而妝容、髮型、衣著、配飾、包款、鞋款等的選擇，更是彰顯一個人價值觀之所在。是著重舒適簡約、低調奢華，還是偏愛張揚奔放、保守謹慎，或是強調個性自我、跟風潮流，在在都有跡可尋，也可因此推測出一個人的個性與習性。

　　當然，這世上也不乏「衣冠禽獸」、「金玉其外敗絮其中」，或是「人模人樣回到垃圾堆般的家」的例子，眾多線索交叉比對之下，總會透露出不少端倪，就當作享受解謎樂趣唄！

5

若我們突然得到一億美金，會發生什麼事？

除了很可能符合二〇〇二年諾貝爾經濟學獎得主康納曼（Daniel Kahneman）的研究結論：「所有表現都會回歸平均值。」也就是幾年過後，回歸到這筆橫財降臨之前的狀態——富還是富，貧仍舊貧，個性上也會在這幾年間展露無遺，藏也藏不住。

善良慷慨的人更願意分享助人；自私自利者卻會更加貪婪無度；熱衷研發／賭博者樂得把所有資金投注其中；渴望權力者，也將藉由大量的金錢來登上更高峰，甚至很有可能會嘗試滿足致富前只能存在於幻想中的可怕欲望……

老舍在其著作《月牙兒》中，也曾做過類似的比擬：
「人若是獸，錢就是獸的膽子。」

獸有膽，潛藏的任何欲望就藏不住了，既然沒有什麼
能夠阻止牠，本性也就昭然若揭了。

# ◖6

　面對公司裡的下屬、服務生、清潔人員、肢體／智能障礙人士、小孩、小動物等社會經濟地位或智力體能相對弱勢、沒有自己強的族群，我們是怎樣與之溝通相處的？當我們能施予絕對優勢的權／暴力時？

　小心，那才是我們最真實的模樣！

# ●7

美國作家喬治‧普倫蒂斯（George Dennison Prentice）
曾說：「企圖討所有人歡心是徒勞的。不管面朝什麼方向
站著，你總是背對著世界的另外一半。」

這真是一語打醒夢中人。

曾經一度我覺得自己快要變成討好型人格者時，猛然
發現自己重視的幾批人對我竟抱有完全相反的期許──

家人們希望我能選擇不要太拚命太冒險的穩定生活型
態；工作夥伴們希望我能跟他們一起賣力衝刺理想；粉絲
們希望我能有質量俱佳的作品產出的同時，也能維持身心
健康＋好氣色（或許還樂見我仍有時間精力維持私生活裡
的戀情？）……

　　這時的我才驚覺應該要有「自己的」立場，而非嘗試滿足「所有人」的要求。

　　立場明確之後，事情就好辦多了，人的時間精力皆有限，當然要選擇做得精疲力竭還樂此不疲的事兒才明智，你說對吧？企圖討所有人歡心，還不如討自己歡心！

# ◖8

身邊有位長輩常如此叨唸著:「我都已經告訴你們這樣做會失敗了,你們為什麼就是要嘗試錯誤呢?是一定要被電好幾次才會學乖的小白鼠嗎?」

對!一定要自己嘗試過才會印象深刻,自己找到的答案才會記得長久。沒辦法,這是人性,他人的經驗談都只是「談」,即使客觀來看是對的、能省事而又有效率,也需要我們靠行動去驗證,我們得實際去「做」了才能真正體會與認同。

年輕時的彎路若不走它一遭,接受了長輩、前輩們為我們鋪設好的康莊大道,就算平安順遂抵達終點,也還是會心心念念那條自己原本想走卻未走的路(因為那才是自己真正想做的選擇、自己想看的風景……)。那種遺憾與

不甘，會在無形中漸漸侵蝕消融現有的一切，殺傷力不可謂不大！

# 9

　某些國家／組織為了自身利益而暗中甚或明目張膽地挑動戰爭、發動恐攻，造成許多無辜百姓家破人亡；企業財閥為了開發土地謀取暴利，不惜縱火焚燒雨林或暗殺原住民及保育人士；犯罪集團拐賣人口，非法買賣器官；政商勾結，造成人民生命與財產的損失；民間對於塑膠產品的濫製與濫用；人類對動物的百般剝削；各國女性面臨的各種困境……

　我不是一個完美的人，卻對「讓世界更美好」這個目標有種偏激的執著。但每每看到這樣的新聞，總讓我內心鬱悶難解……

　我覺得自己好渺小，再怎麼盡己所能，改變似乎也非常有限，讓我感到非常無力……

　　某天突然特別早起去遛狗時，發現清潔員正奮力清掃著（我們這個社區有非常多大樹，居民們也十分熱衷養花蒔草，因此各種枯葉落果花瓣量極大，但平常出外時都已被清理乾淨），突然有種感慨——每個時代都有各自不同的問題，解決問題就像掃地上的落葉，不使其累積更多就好；如果想全部掃完，是為難自己也為難他人，大家都會一起被逼瘋。

　　雖然聽起來像是努力在悲觀中保持樂觀，但把掃除落葉（各種煩惱）當作練身手，清潔隊員（我們）也才有每天重新開始的勇氣吧……

# ◗10

「從讓一個人生氣的事情的大小，就能看出一個人的價值。」邱吉爾（Winston Churchill）如是說。

發生什麼事情會讓你瞬間理智斷線、憤怒難當？

餓過頭？被超車？停水停電？沒追到垃圾車？

看得正開心的頻道被轉臺？任何服務沒達到你的預期？打不到想打的疫苗？拿不到該有的補助？

另一半情感上的背叛或不負責任？認為公司決定的升遷結果不公平？被職場性騷擾？孩子在學校被霸凌？

戰爭的扭曲無情？汙染造成的生態環境悲歌？

　　每個人都有生氣的權利，雖然那很少是最好的解決之道，但總能彰顯自己最在意的價值觀、最不能被侵犯的底線。不過，憤怒耗費的能量極高，也很容易有副作用（所以盛怒之下絕不做決定！），非不得已，還是盡量保持平心靜氣吧，除非，你真的覺得某件事值得你放下修養，以大發雷霆的方式去爭取、被正視、被注意！

# ＃生命

人生是一幅畫，
我們自己就是畫家本人──
要濃墨重彩或輕描淡寫，
要添上任何顏色，
以何種筆法、順序、畫風，
需不需要補救，
全由自己決定。

# 1

「生活的目的，在增進人類全體之生活；生命的意義，在創造宇宙繼起之生命。」這是我們從小就耳熟能詳的一段話。

何謂增進人類全體之生活？是讓全人類得到「利益」？更加「便利」？

創造宇宙繼起之生命，或許不是狹隘地單指「人類自己的繁衍」，而是我們有沒有顧及「所有物種的存活延續」、有沒有做出承先啟後的選擇。

在消費主義盛行、人口爆炸的現下，感受更強烈的反而是過度開發、生產、消費所帶來的環境汙染與資源浪費，以及人身的淤塞失衡、人心的空洞枯竭，大家都被洗

腦誘惑得好苦好苦啊⋯⋯

　　真正的「利益」從來不該只是經濟效益，而是整個永續共榮的地球。我相信，無論是何種狀態的個體，都有能力改變生產、消費與生活習慣，尋找替代方案，否則，我們自己以及後來的世世代代，很快就會在極惡劣的環境中痛苦掙扎，那創造這麼多「宇宙繼起之生命」的意義何在？

遠方拔地而起的龐然怪物群、與之共舞的汙
濁空氣，彷彿預示著不祥的氣息⋯⋯如果
這就是未來，那意義何在？（林于超拍攝）

2

「人生只有兩種悲劇：一種是得不到心裡想要的，一種是得到了。」王爾德的智慧之言。

我們看事情的角度成就了它的模樣，「還有半杯水」和「只剩半杯水」的故事誰都聽過，但當自己身處其中的時候，卻很少有人意識到自己的觀點是如此絕對。

有位佛洛伊德先生是這麼看的：「人生有兩大快樂：一個是沒有得到你心愛的東西，於是可以尋求與創造；另一個是得到了你心愛的東西，於是可以品味與體驗。」

其實也就是心態的問題吧。

3

　　從小被母親照養得無微不至，覺得自己無比幸福→強撐的母親因此累倒，自己決定犧牲學業工作養家→努力打拚的結果，終於把債還清，還幸運地找到能養家活口的志業→太想證明自己所以超量工作，把身體給搞垮了→無法工作，但在長期的休養生息中，習得正確的飲食運動觀念和身心靈平衡的要領→太久沒在原有的職場出現，新人輩出，回不去往日榮耀了→轉戰新領域，沒想到創造了更龐大的藍海新商機，還因此遇上了良人→兩人一起打拚，但能共苦卻不能同甘，終究產生利益衝突，感情沒能通過考驗→……（感覺這些劇情還能無限延伸……）

　　「禍兮福所倚，福兮禍所伏。」禍福相倚是我始終深信不疑的，時間一久，看事情也不再看表象產生的效應，而能更平心靜氣地看待與接受生命中的種種轉折。

　　楊德昌導演常跟朋友說：「這個世界上好的事情，跟壞的事情常常是一起發生的。」

　　莎翁也曾言：「每一粒厄運的種子，卻孕育著未來豐盛的果實。」但每一顆甘美的果實，又何嘗不會蘊藏著未知的不幸呢？

　　所以不用糾結。享受當下，一直往前走就對了，因噎廢食，是最可惜的。

時間一拉長，生命中的種種起伏，似乎也變得不那麼波瀾萬丈。

既然終究要歸零，何不靜坐觀天，面對未知呢？

（林依晨拍攝）

4

二十多歲時，曾有過一段短暫的學琴時光，十幾堂課程過後，勉強「磨」出的聲音依舊慘不忍聞。或許是沒有找到訣竅，也或許是性子太急，沒花上足夠的時間與耐性，去尋出琴弓與琴弦之間可能存在的和諧。

關係看似緊繃又對抗、互依又互斥的兩者，卻是彼此必要的存在，若磨合得當，就能引出悠揚悅耳的樂聲，若始終難以平衡其中的張力與壓力，便是弦斷耳根壞的下場。

學生時期也曾讀過一篇文章，說明人類若是長期太空旅行時，身處在完全無重力的狀態之下太久，又沒有定期適量鍛鍊身體的話，所有的器官都將漸漸衰敗而亡……

因為沒有重力的作用，所以身體也不需要力氣去抗

衡，慢慢地導致肌肉萎縮、骨質流失，甚至心血管系統和心肺功能都會跟著下降，五臟六腑自然也就愈來愈虛弱，連帶也影響了免疫系統……

同等於那些張力、壓力和重力，人生境遇中的挫折與磨難，也一再被證明常是一個人蛻變、升級的重要關鍵。雖說人性是貪圖安逸的，我們總期待生命中的順境能綿延不絕，但逆境中與命運相對抗時，才譜出了最震撼人心的生命之歌，不是嗎？

5

我一直都相信，每個人在出生的時候，上天都偷偷塞給了他們一些禮物，每個人得到的都不同，每個人都有，只是藏在身上，需要花點時間和智慧把它們找出來。

人盡其才是非常美好的，對的人擺在對的位置上，不但有機會達到淋漓盡致的自我實現、個人成就（感）無可限量，對世界更是莫大的福祉。

但若是被強加了不適合的期許、不曾被賦予尊重地引導，或沒有機運、無法以自由意志去探索、去選擇，那很可能一輩子都會在無法實現天命的痛苦漩渦中浮沉，不得脫身。

愛因斯坦（Albert Einstein）也曾說過：「每個人都是

天才。但如果你用爬樹的能力評斷一條魚，牠將終其一生覺得自己是個笨蛋。」

噢！多希望這世界上少一些根本不笨，但的確不快樂的笨蛋啊……

**6**

曾看過一九七〇年代的紐約街頭塗鴉：「今天是你餘生的第一天。」

這個說法真是太好了！

相較於「今天是你生命的最後一天」，多了更多希望；而人生而在世，最需要的，就是「希望」。

從來沒有忘記，那年完成腦部手術後，當自己一人在手術恢復室中醒來，在生命跡象監測儀器的穩定嗶嗶聲中、滿口腥羶鮮血味的同時，我卻覺得呼吸進胸腔裡的每一股空氣都是清新芬芳的，因為，那彷彿是我劫後重生的第一刻。

從此以後，宛若新生，看待世界有了不同的角度。就好像幼童第一次接觸、經歷這個世界的所有事物一樣，充滿了驚奇、喜悅，甚至有些興奮的戰慄。

當然，不是每個人在青年時期都會經歷這樣可能攸關生死的高風險手術，但它可以替換成任何讓我們生不如死的痛苦經驗──勇敢穿越它，另一頭就是柳暗花明又一村。

如果今天是你餘生的第一天，
你想做什麼？（林依晨拍攝）

# ●7

　　加拿大中北部有個邱吉爾鎮，人口不到一千，過去是以毛皮貿易為主，現在則是觀察野生北極熊的觀光重地。每年十至十一月，當哈德遜河灣結凍後，挨餓許久的北極熊便會離開邱吉爾鎮附近，前往冰上獵食海豹，旅客就在這段期間，坐在舒適安全的觀光車上，沿著加拿大與美國軍方建立的步道移動，一面觀察北極熊。當地旅遊業者以此維生，並努力將對生態的影響降至最低。

　　但由於此鎮就位於北極熊的遷徙路徑上，牠們難免因飢餓而嘗試進入人類社區覓食，也不免因此傷害了一些居民，當地政府只好成立了一座全球唯一的「北極熊監獄」，有攻擊人類前科的「危險分子」會被誘捕抓進去，只有水沒有食物地關上三十天（據說是牠們的飲食週期）後再被野放，藉此讓牠們銘記「教訓」而不再造訪。

　唉，雖說這樣的做法相對來說已算人道，但怎麼我們人類理所當然地就反客為主了呢？

　牠們在此處生存的歷史比人類更長久，數量也稀少，但在人熊衝突事件中，卻往往是被犧牲的那一方。先進國家加拿大尚且如此對待瀕危物種（目前全世界僅存不到兩萬五千隻北極熊），實在不敢想像其他國家在面對這樣的議題，甚或是數量泛濫的流浪動物時的處理原則與優先順序……

　人類，真的比其他動物重要且必要生存在這地球上嗎？

　我已經不太確定了……

# ◖8

當確切感受到有個生命在我肚子裡成長，我真的覺得
因為孕育他／她而有了無限的可能，同時也覺得自己既
強大又脆弱，不過，這副身體也好像慢慢不是我自己的
了……

「她既占有它，又為它所占有。它象徵未來，當懷上
它時，她覺得自己和世界一樣浩瀚；然而，也正是這種富
足消滅了她，她覺得自己現在什麼也不是了。」法國哲學
家西蒙‧波娃（Simone de Beauvoir）說道。

有人說，變成母親，是放棄界線（母親自我）的過程；
完成母親，是看著兒女逐漸建立自己的界線（孩子自我），
並找回自己（母親自我）的過程。

那條線的清晰或模糊，常讓我們患得患失，主控權的掌握與給予，也從不是件簡單易判的事。我們以為我們在形塑一個生命，不免加諸自己的好惡與選擇，卻常常忘了自某個時間點開始，他們將逐漸擁有迥異於母願的自我意識。

何時、如何放手，真的是一大課題。

不過我想，無論我們在線內或界外，都得膽顫心驚地見證他們的生命軌跡，也永遠都會為他們心疼神傷、歡喜雀躍吧。

# ◑9

　　人生就是一連串的選擇，而每一個選擇，都讓我們的人生轉一次彎。兜來轉去，人生的軌跡與畫作就這麼成形了。

　　不妨時不時自問：每一次的選擇，是讓我們更接近，或是遠離了理想中的生活和自己？

　　比如說，憤怒時，絕不做重要決定。

　　比如說，總是選擇雪中送炭，而非錦上添花。

　　又比如說，盡量做會讓更多人快樂、而非少數人得利的選擇。說話、做事都為自己和他人留些餘地，不陷雙方於絕境等。

　　我們的人生中有太多、太多次的選擇與決定，不要輕率地做任何一個，也無須過於執著地糾結在過去的某幾個，但要清楚明白它們代表的意義和威力，於未來適時調整與補救。

　　如果我們在乎我們是誰、做了什麼的話。

# ◗10

噢！如果人生像作畫，那該有多麼羅曼蒂克啊！

人生是一幅畫，我們自己就是畫家本人——要濃墨重彩或輕描淡寫，要添上任何顏色，以何種筆法、順序、畫風，需不需要補救，全由自己決定，而不是一張 to-do list 逐項完成後的一一勾選確認，也並非一道數學題，已有標準答案供比對，或需依循一定的公式才能得到解答。當然，有些畫派也非常講究比例上的和諧或符合種種「規矩」，但總歸來說它們都是選項之一，是可以被選擇的，不是被硬性規定的，這就是本質上大大的不同。

作畫倒也不見得全由感性帶領，有時候需要感性與理性攜手並行，才得以揮灑出既和諧又動人的畫作，時而感性、時而理性，這才是面對人生最有智慧的態度吧！

後記——

# 還有些話要說……

　　本書的促成，除了要感謝我的經紀人周美豫小姐、我的經紀公司周子娛樂有限公司，以及聯經出版公司的所有同仁，更要感謝所有一路上支持與愛護我的朋友們。

　　很慶幸孤僻的自己始終不是一個人，一直有很多優秀、神奇而又充滿熱情的專業人士們願意圍繞在我身邊，一起合作產出各種多元化的影視、音樂、文字作品，感動、激勵、轉化了許多人，也包括我們自己。

　　未來的路不知道有多長，但很慶幸有你們相伴一同走過，由衷地感恩與感謝！

People

# 做自己，為什麼還要說抱歉？

2022年1月初版　　　　　　　　　　　　　　　　　　定價：新臺幣390元

有著作權・翻印必究

Printed in Taiwan.

| | | | |
|---|---|---|---|
| 著　者 | 林 | 依 | 晨 |
| 叢書主編 | 蔡 | 忠 | 穎 |
| 內文排版 | 張 | 瑜 | 卿 |
| 封面設計 | 徐 | 睿 | 紳 |

| | | | | | |
|---|---|---|---|---|---|
| 出　版　者 | 聯經出版事業股份有限公司 | 副總編輯 | 陳 | 逸 | 華 |
| 地　　　址 | 新北市汐止區大同路一段369號1樓 | 總 編 輯 | 涂 | 豐 | 恩 |
| 叢書編輯電話 | (02)86925588轉5319 | 總 經 理 | 陳 | 芝 | 宇 |
| 台北聯經書房 | 台北市新生南路三段94號 | 社　　長 | 羅 | 國 | 俊 |
| 電　　　話 | (02)23620308 | 發 行 人 | 林 | 載 | 爵 |
| 台中分公司 | 台中市北區崇德路一段198號 | | | | |
| 暨門市電話 | (04)22312023 | | | | |
| 台中電子信箱 | e-mail：linking2@ms42.hinet.net | | | | |
| 郵政劃撥帳戶 | 第0100559-3號 | | | | |
| 郵撥電話 | (02)23620308 | | | | |
| 印　刷　者 | 文聯彩色製版印刷有限公司 | | | | |
| 總　經　銷 | 聯合發行股份有限公司 | | | | |
| 發　行　所 | 新北市新店區寶橋路235巷6弄6號2樓 | | | | |
| 電　　　話 | (02)29178022 | | | | |

行政院新聞局出版事業登記證局版臺業字第0130號

國家圖書館出版品預行編目資料

做自己，為什麼還要說抱歉？/林依晨著 . 初版 . 新北市 .
聯經 . 2022年1月 . 256面 . 14.8×21公分（People）
ISBN　978-957-08-6147-1（平裝）

863.55　　　　　　　　　　　　　　　　　　110020147